娘じゃなくて私《ママ》が
好きなの!?
望 公太
nozomi kot
イラスト／ぎうに
sukina
JN068282

contents

デザイン●伸童舎

Musume janakute
Mama ga sukinano!?

Musume janakute
Mama ga
sukinano
!?

3
娘じゃなくて私《ママ》が好きなの!?
Musume janakute Mama ga sukinano!?
望 公太
nozomi kota
イラスト／ぎうにう
giuniu

プロローグ

◆

パパとママは、私が五歳《さい》のときに亡《な》くなった。

ちょうど物心がつき始めたようなタイミングで——パパをパパと、ママをママと、はっきりと認識《にんしき》してしっかりと記憶《きおく》したぐらいのタイミングで、二人は天に召《め》されてしまった。

交通事故、だったらしい。

即死《そくし》、だったらしい。

なにせ当時は五歳《さい》だったもんで、細かいことは全部人づてだ。

正直——よくわからなかった。

パパとママが死んだと言われても、よくわからなかった。

全然ピンと来なかった。

十五歳《さい》になった今でも難しい話なのだから、五歳《さい》の私にわかるはずもない。

だからお葬式《そうしき》でも、その後の会食でも、涙《なみだ》一つ流すことなくジッとしていた。

周囲の大人達《たち》からは『お行儀《ぎょうぎ》のいい子』なんて言われてたけど、別に行儀《ぎょうぎ》がよかったわけじゃない。どうしたらいいかわからなくて、ボーッとしてただけだ。

状況《じょうきょう》に全くついていけなかった。

まあ、とは言え。

それでもなんとなく、子供なりに、五歳《さい》なりに、空気を察することはできた。

今が——悲しい時間なのだということはわかった。

葬儀《そうぎ》に参加した大人達《たち》が、私を見ては「かわいそうに」「かわいそうに」と何度も何度も繰《く》り返《かえ》すものだから、強制的に理解させられた。

ああ、そっか。

私は『かわいそう』なんだ、と。

嫌《いや》でも理解させられた。

否《いや》が応《おう》でも理解させられた。

会食の最中——親戚《しんせき》のおじさんやおばさん達《たち》は、誰《だれ》が私を引き取るかで段々と口論になっていく。どうせ五歳《さい》の子供にはなにを言っても通じないと考えているのか、だいぶ明け透《す》けな言葉で。

まあ彼《かれ》らの読み通り、五歳《さい》の私にはイマイチ会話の内容はわからなかったのだけれど——でも、いくら子供だって、なんとなくはわかる。

自分が、邪魔《じゃま》者扱《あつか》いされていることぐらいは。

自分が、厄介《やっかい》者扱《あつか》いされていることぐらいは。

表現しようのない暗い気持ちが心を埋《う》め尽《つ》くす。息が苦しくなり、耳と目を塞《ふさ》いでどこかに消えてしまいたいと願ったとき――

「――この子は私が引き取ります」

そんな悲劇の場から、私を救い出してくれた人がいた。

歌枕綾子《かつらぎあやこ》。

ママの妹で――私の親戚《しんせき》の叔母《おば》さん。

今では私は、彼女《かのじょ》のことを『ママ』と呼んでいる。


そんな感じでママに引き取られてから、一年が経《た》った頃《ころ》だろうか。

まあ……『引き取られた』と言っても、元々私が両親と三人で暮らしていた一軒家《いっけんや》にママの方がやってきて世帯主となったわけだから、あんまり引き取られた感はないのだけれど、それは置いといて。

とにかく――ママと暮らし始めてから、一年後ぐらいの話。

「ねえねえ、タク兄《にい》」

休日の昼下がり。

私の家のリビング。

その日は、タク兄《にい》がこっちの家に遊びに来てくれた。

ママが急な仕事で、少し部屋に籠《こ》もって作業しなければならなくなったため、タク兄《にい》が私の面倒《めんどう》を見てくれることとなった。

そういうことは——よくあった。

タク兄《にい》はよく、私と遊んでくれた。

私の方は楽しかったけれど、今になって思い返せば——向こうはあまり楽しくなかったかもしれない。五歳《さい》も年下の女の子と一緒《いっしょ》に遊ぶなんて、普通《ふつう》の男子ならなにも楽しくないことだろう。

普通《ふつう》に学校の友達と遊びたかったかもしれないし、家で一人でゲームをして遊びたかったかもしれない。

でもタク兄《にい》は嫌《いや》な顔一つせず、いつも楽しそうに遊んでくれた。

「どうしたの、美羽《みう》ちゃん？」

私の声に反応する、十一歳《さい》のタク兄《にい》。

手元にあるのは、作りかけのビーズのリング。

今日は二人で、ビーズでアクセサリーを作って遊んでいた。

「うんとね」

六歳《さい》の私は言う。

ビーズに糸を通す手も止めずに、特に躊躇《ちゅうちょ》もなく——

「美羽《みう》って『かわいそう』なのかな？」

タク兄《にい》の表情が、一瞬《いっしゅん》強《こわ》ばった。

「……どうして？」

「昨日ね、幼稚園《ようちえん》でハルトくんとマーちゃんに言われたの。美羽《みう》ちゃんは『パパとママがいなくてかわいそうだね』って」

私の両親のことは、一月も経《た》てばご近所はおろか、幼稚園《ようちえん》の関係者全員広まっていた。

鮮烈《せんれつ》な事件は瞬《またた》く間《ま》に巷間《こうかん》を賑《にぎ》わす。

ましてそこに『死んだ母親の妹が引き取って育てている』なんて美談が加われば、これ以上ない最高のゴシップとなるだろう。

まあ、幸い、というべきか。

私の周囲には常識的な人が多くて、表だって揶揄《やゆ》されたり中傷されたりすることはなかったけれど――それでも人の口に戸は立てられない。

いつの間にか大人から子供へと噂《うわさ》は伝わり、同級生達《たち》も、当たり前のように私の両親の件を知っている状態だった。

「そしたら、すぐに先生が二人のこと怒《おこ》ってさ。『そんなこと言っちゃダメでしょ！』って。

ハルトくんとマーちゃんはすぐにごめんなさいしてくれたんだけど……でも美羽《みう》、よくわかんなくって」

別に――誰《だれ》が悪いという話でもないのだろう。

ハルトくんとマーちゃんに、悪意なんてものはもちろんない。

親が死んだ私を哀《あわ》れんで、素直《すなお》に『かわいそう』と思っただけ。

実に子供らしい純粋《じゅんすい》さだと思う。

でも――当時の私には、それがよくわからなかった。

二人が言った言葉の意味も、先生が怒《おこ》ったわけも。

「美羽《みう》は、パパとママが死んじゃったから『かわいそう』なの？」

「…………」

タク兄《にい》はすごく困った顔となってしまった。

今になって思い返すと……うん。かなりヘヴィーなことを聞いてしまったなあ、と軽く後悔《こうかい》している。

いやー、キツいよ、重いよ。

十一歳《さい》の子供にする質問じゃないって。

案の定タク兄《にい》は……大変複雑そうな顔となってしまうけれど、やがて、

「……美羽《みう》ちゃん」

と口を開いた。

「美羽《みう》ちゃんのパパとママが亡《な》くなったことは……すごく悲しいことなんだと思う。すごく悲しくて、大変なことなんだと思う」

迷いや葛藤《かっとう》が滲《にじ》む顔と声で、しかし目線だけはしっかりと私を捉《とら》えたまま続ける。

「だから世の中には、そんな大変なことになっちゃった美羽《みう》ちゃんのことを『かわいそう』って言う人もいるかもしれない。でも……僕《ぼく》は美羽《みう》ちゃんのこと、『かわいそう』だなんて思わないよ」

だって、とタク兄《にい》は続ける。

「美羽《みう》ちゃんには——綾子《あやこ》ママがいるから」

「…………」

「美羽《みう》ちゃんは、綾子《あやこ》ママのこと、好き？」

「うんっ、大好き！」

「綾子《あやこ》ママと一緒《いっしょ》にいると、楽しい？」

「うんっ、楽しい！」

「じゃあきっと、美羽《みう》ちゃんは『かわいそう』なんかじゃないよ。あんなに素敵《すてき》なママと楽しく暮らしてる子が、『かわいそう』なわけがない」

「そっかー」

タク兄《にい》の言葉は、決して完璧《かんぺき》なものではなかったと思う。

論調には無理があったし、理由付けは強引《ごういん》だった。

幼くて拙《つたな》くて――でも、

「よかったぁ、美羽《みう》、『かわいそう』じゃなかったんだー」

幼い私の心には、すごく響《ひび》いてきた。

タク兄《にい》の誠意や真摯《しんし》さが伝わってきて、六歳《さい》の私は、それだけで全てが救われたような気持ちになった。

言葉の中身よりも、まっすぐな目と真剣《しんけん》な態度が嬉《うれ》しかった。

「美羽《みう》ねー、今、すっごく楽しいんだぁ」

上機嫌《じょうきげん》になった私は、饒舌《じょうぜつ》に語り始めてしまう。

「本当のパパとママが死んじゃったのはすごく悲しかったけど……でも、綾子《あやこ》おばさんが新しいママになってくれたし、幼稚園《ようちえん》も楽しいし――それに、タク兄《にい》もたくさん遊んでくれるし。寂《さび》しい気持ちもちょっとあるけど、でも楽しいの方が大きい」

「……そっか」

「天国のパパとママも、美羽《みう》が楽しくしてたら嬉《うれ》しいかな」

「うん。絶対嬉《うれ》しいよ。そうに決まってる」

「そっかー。じゃあ美羽《みう》、これからも楽しく生きてくね」

実に六歳《さい》らしい能天気な台詞《せりふ》を吐《は》いた後、

「あっ。そうだっ」

作りかけだったビーズのリングを置いて、私は席を立った。

リビングの隅《すみ》にある小さな棚《たな》から、あるものを取ってくる。

「えへへ。今日はね、タク兄《にい》にこれを見せようと思ってたんだ」

そう言って私が差し出したのは——絵、だった。

小さな額縁《がくぶち》に入った、一枚の絵。

「これって……美羽《みう》ちゃんが描《か》いたの？」

「うん」

「ひょっとしてこの二人……僕《ぼく》と美羽《みう》ちゃん？」

「うんっ」

元気よく頷《うなず》く私。

当時は会心の出来だと思って自信満々で見せびらかしたけれど……まあ、今となっては思い出すのも恥《は》ずかしいような、下手クソな絵だったと思う。

いかにも幼稚園児《ようちえんじ》が描《か》いたっぽい、目と口がにっこりとした顔。不自然に真っ正面を向いて並んだ男女から、不自然に伸《の》びた手が不自然に絡《から》まってる。

そんな下手クソな絵でも誰《だれ》の絵かわかってもらえたのは、下手クソなりにきちんと特徴《とくちょう》を捉《とら》えていたから——なんてことではもちろんなく。

男女の絵のすぐ近くに、それぞれ『みう』『たくにい』と名前が平仮名《ひらがな》で書かれていたからだろう。

「へえ、上手に描《か》けてるね」

にこりと笑って褒《ほ》めてくれるタク兄《にい》。

当時の私は、それだけで天に昇《のぼ》るぐらい嬉《うれ》しかった。

「ママもね、『上手だね』ってすごく褒《ほ》めてくれたの。『これは飾《かざ》っておきましょう』って言って、額も買ってきてくれたんだー。この字もね、ママに教えてもらいながら、頑張《がんば》って書いたんだよ！」

私が指すのは、人物の近くにある『みう』と『たくにい』の文字。

そして。

二人の絵の上に書かれた、もう一つの文章。

『おおきくなったらたくにいとけっこんできますように』

「けっこん……」

「うんっ」

六歳《さい》の私は満面の笑《え》みで、恥《は》じらうこともなく告げる。

この絵は私にとって、七夕の短冊《たんざく》や絵馬のように願望を込《こ》めたものでもあり――そして同時に、溢《あふ》れんばかりの想《おも》いを告げるための、ラブレターでもあった。

「美羽《みう》ね、大きくなったらタク兄《にい》と結婚《けっこん》する！」

歌枕美羽《かつらぎみう》。

六歳《さい》。

いろいろあったけれど――なにも知らない連中から勝手に『かわいそう』だと言われるようなことがあったけれど、それでも新しいママと楽しく日々を生きていた。

そして。

いつも遊んでくれる近所のお兄ちゃんが、すごくすごく大好きだった。

第一章
布告と三角

♥

シングルマザーの朝は早い。

眠《ねむ》い目をこすって早起きをして、高校に通う娘《むすめ》のために、毎朝お弁当を作ってあげなければならない。

まあ、ごく稀《まれ》に寝坊《ねぼう》して作れないときもあるけれど、基本的には毎朝作るようにしている。

どんな日でも。

たとえ——前日の夜に、娘《むすめ》となにかあったとしても。

「ふぁーあ。おはよー」

お弁当と同時並行《へいこう》で進めていた朝食の準備も終わったところで、娘《むすめ》が二階から降りてきた。

私が起こさないと起きてこないことが多い美羽《みう》だけれど、今日はちゃんと自分から起きてきたらしい。

リビングの戸が開いた瞬間《しゅんかん》——つい、作業の手が止まってしまう。

けれど私は意識して手を動かし、

「おはよう、美羽《みう》」

と、いつもと同じ声を心がけて言った。

湧《わ》き上《あ》がる緊張《きんちょう》や不安を、必死に押《お》し殺《ころ》して。

パジャマ姿で歩いてきた美羽《みう》は、食卓《しょくたく》につくと口を尖《とが》らせた。

「えー、今日の朝ご飯、またハムエッグ？」

「なによ。美羽《みう》、嫌《きら》いじゃないでしょ？」

「嫌《きら》いじゃないけど、最近、頻度《ひんど》が高くない？」

「おじいちゃんからもらった卵がまだ残ってるんだからしょうがないでしょ。早く食べなきゃ悪くなるし」

「それはわかってるけどさ。あっ。じゃあ明日の朝は、エッグベネディクト作ってよ。あれ、意外と簡単に作れるってこないだテレビでやってたよ」

「朝から慣れないことはしたくありません。私のメニューに文句があるなら、自分で早起きして作りなさい」

「ぶー。それ言ったらおしまいじゃーん」

そんなやり取りをしながら、私達《わたしたち》は一緒《いっしょ》に朝食を取る。

いつも通り、だった。

不自然なぐらいに、いつも通り。

美羽《みう》の表情や態度は普段《ふだん》となにも変わらない。

昨日の一件なんて、まるでなかったかのように。

あまりにいつも通りすぎて、もしかしたら全部が夢だったんじゃないかと思いそうになってしまうけれど——でも。

私はすぐに思い知ることとなる。

昨日のことが、紛《まぎ》れもない現実であったことを——

ピンポーン、と。

ちょうど朝ご飯を食べ終えたぐらいに、玄関《げんかん》のチャイムが鳴った。

私が出迎《でむか》えに行くと、そこに立っていたのはお隣《となり》の青年だった。

タッくん。

左沢巧《あてらざわたくみ》くん。

隣《となり》に住んでいる、二十歳《はたち》の大学生。

そしてなんと——十以上年上である私のことが好きだという、変わった男の子。

現在、私は彼《かれ》から告白を受けながら、『保留』と答えを濁《にご》している状態。

「おはようございます、綾子《あやこ》さ……っ」

朝の挨拶《あいさつ》の途中《とちゅう》で、タッくんはギョッと目を見開いた。

頬《ほお》を赤らめ、慌《あわ》てた様子で目を逸《そ》らす。

「ど、どうしたのタッくん？」

「え……あっ、いや、あの……な、なんでもないです」

「なんでもないわけないでしょ、そんなに慌《あわ》てて」

「えっと……」

ちらりと私を——私の格好を見て、大変言いにくそうに言う。

「一瞬《いっしゅん》……裸《はだか》エプロンかと思って」

「へ？　裸《はだか》エプ……〜〜〜っ!?」

ゆっくりと視線を下ろし、言葉の意味を理解した。最近暑くなってきたため、今日の格好は白いキャミソールにショートパンツという、だいぶラフなもの。

私はその上にエプロンを羽織っていたため……あら不思議。

前から見ると、確かに裸《はだか》エプロンに見えなくもない。

「な、なに考えてるのよっ！　裸《はだか》エプロンなんてするわけないでしょ！　ほら、ちゃんと着てるからっ！」

エプロンをめくり、中のキャミとショートパンツを必死にアピールする。

「で、ですよね。すみません……」

「まったくもう……朝から変なこと言って。い、いつもエッチなことばかり考えてるから、普《ふ》通《つう》の格好もそういう風に見えちゃうのよっ」

「……す、すみません」

恥《は》ずかしくてついキツく言ってしまう私に、タッくんは頭を下げる。素直《すなお》な謝罪に見えたけど、その顔はどこか不満げ。「……いや悪いのは俺《おれ》だけじゃないだろう。そんな紛《まぎ》らわしくて隙《すき》だらけの格好で出てきた綾子《あやこ》さんにもちょっとは責任はあるだろう」と言わんばかりの表情だった。

気まずい沈黙《ちんもく》が玄関《げんかん》に満ちる。

やがてタッくんは言葉を探すように、

「えっと……昨日、あれから大丈夫《だいじょうぶ》でしたか？」

と口を開いた。

「その……いろいろあったんで、疲《つか》れとか」

「大丈夫《だいじょうぶ》よ。心配してくれてありがとう」

一昨日の土曜日、私と彼《かれ》はデートをした。

二人での、初めてのデート。

当初彼《かれ》が計画していた遊園地デートはこれ以上なく完璧《かんぺき》だったけれど、そのいろいろとアクシデントがあった。

帰り道でタイヤがパンクしたり、急な豪雨《ごうう》のせいで……ラ、ラブホテルで一晩過ごさなければならなくなったり。

予期せぬことはたくさんあった。

でも——楽しかった。

アクシデントも含《ふく》めて、最高の思い出だったと言える。

「タッくんこそ大丈夫《だいじょうぶ》だった？　ホテルじゃ、あんまり眠《ねむ》れなかったって言ってたけど」

「全然大丈夫《だいじょうぶ》ですよ。まだ若いんで、一晩ぐらい寝《ね》なくても平気です」

「……そ、そうよね。タッくんはまだ二十歳《はたち》だもんね……一晩ぐらい寝《ね》なくても平気なパーリーピーポーなのよね……私と違《ちが》って」

「ああっ、ち、違《ちが》います！　すみません！　そういう意味じゃなくて！」

不意の一撃《いちげき》で凹《へこ》む私と、慌《あわ》てふためくタッくん。

そんなやり取りを終えたタイミング──だった。

「──タク兄《にい》っ、おーはよっ」

潑剌《はつらつ》とした声で叫《さけ》びながら、美羽《みう》が背後から駆《か》けてきた。

そして──ギュッ、と抱《だ》きついた。

玄関《げんかん》に立っているタッくんに、いきなり、思い切り。

「え……」

「……は？」

私もタッくんも状況《じょうきょう》が受け入れられず、呆《ほう》けたような反応をしてしまう。

空気が固まる中、美羽《みう》は一人でにこにこと微笑《ほほえ》み、

「えへへ。会いたかったよ、タク兄《にい》。今日もかっこいいねっ」

と言った。

今まで聞いたこともないような甘《あま》えた声で。

一度として見たこともないような、媚《こ》びを売るような上目遣《うわめづか》いで。

「な……なにやってんだ、美羽《みう》？」

「えー、なにがー？」

「なにが……じゃないだろ」

「えへへ。たまにはいいでしょ、こういうのも？」

戸惑《とまど》うタッくんに平然と返しながら、美羽《みう》はようやく抱《だ》きついた体勢をやめる。

きちんと靴《くつ》を履《は》いてタッくんの隣《となり》に立つと——今度は思い切り腕《うで》を絡《から》めた。

恋人《こいびと》同士がするような、腕《うで》の絡《から》め方。

彼《かれ》の二《に》の腕《うで》に、自分の胸を押《お》しつけるようにしている。

「ふんふーん。私って本当に幸せ者だよねー。こうやって毎朝タク兄《にい》を独占《どくせん》してイチャイチャできるんだから」

「……なに言って——」

「えっとね、あれこれ駆《か》け引《ひ》きするのもまどろっこしいから最初に言っておこうと思うんだけどさ……私、ママと勝負することにしたから」

「勝負……？」

戸惑《とまど》うタッくんに、美羽《みう》は堂々と言い放つ。

「私とママ、どっちがタク兄《にい》を落とすかっていう勝負」

「「…………」」

唖然《あぜん》、とした。

私もタッくんも開いた口が塞《ふさ》がらない。

「一人の男を母と娘《むすめ》が奪《うば》い合《あ》う……ふふふ。なんかすごくドロドロしそうだよね」

硬直《こうちょく》してしまう私達《わたしたち》二人とは対照的に、美羽《みう》は一人、してやったりという表情を浮《う》かべていた。

「覚悟《かくご》してね、タク兄《にい》。これからガンガンアプローチしちゃうつもりだから。ママなんかより私の方が好きだって言わせてみせるからっ」

「……ちょ、ちょっと、美羽《みう》……」

昨日の一件からある程度この事態を予想できていた私は、タッくんよりも少し早く硬直《こうちょく》から回復するけれど、そのタイミングを見計らったかのように、

「あーっ、大変、もうこんな時間！　早く学校行かなきゃ遅刻《ちこく》しちゃう！」

と、美羽《みう》はわざとらしい叫《さけ》びを上げた。

それから、美羽《みう》は私の方を見る。

挑発的《ちょうはつてき》な笑《え》みを浮《う》かべ、煽《あお》るような視線を向けてくる。

「じゃあね、ママ。ばいばーいっ」

楽しげに告げると、困惑《こんわく》したままのタッくんの手を引いて——まるで見せつけるみたいにくっついたまま、玄関《げんかん》から出て行った。

「………」

私は呆然《ぼうぜん》としてその場に立《た》ち尽《つ》くす。衝撃的《しょうげきてき》展開の連続で困り果ててしまうけれど、しかし心の奥《おく》では納得《なっとく》するような気持ちもあった。

ああ——

やっぱり、本当だったんだ。

昨日の宣戦布告は、夢じゃなくて現実だったんだ。


「——タク兄《にい》とは私が付き合う」

昨日の夜。

デートを終えて幸福な気分に浸《ひた》っていた私に、美羽《みう》は言った。

透徹《とうてつ》した目で、まっすぐ私を見つめながら。

「ああ、そういえばママ、ずっと言ってたよね。私とタク兄《にい》が付き合えばいいって。私とタク兄《にい》が結婚《けっこん》するのが、ママの夢だって」

「…………」

「よかったね、夢が叶《かな》うよ」

「…………」

「ねえ、ママ」

「…………」

「私のこと、応援《おうえん》してくれるよね？」

娘《むすめ》からの申し出を——いや。

宣戦布告を受けた私は。

私は——

「……ええ、もちろんよ」

少しの間を空けてから、どうにか口を開いて、そう告げた。

心には大きな動揺《どうよう》が生まれたけれど、それを必死に隠《かく》しながら、できるだけ冷静な口調を心がけて続ける。

「あなたがタッくんと付き合うなら……母親としてこんなに嬉《うれ》しいことはないわ。あなたが言った通り、私はずっと、美羽《みう》とタッくんに付き合ってほしいって思っていたから」

「…………」

「二人が付き合うっていうなら、母親として心から応援《おうえん》する」

そこまで言った後、一度小さく息を吸い、

「──あなたが本気ならね」

と付け足した。

「私が本気なら……？」

「ええ、そうよ」

私は言う。

「確かに私はあなた達《たち》に結ばれてほしいって思ってたけれど……それは、あなたがタッくんのことを好きだと思ってたからよ」

ずっと思っていた。

幼馴染《おさななじ》み同士、お似合いのカップルだと。

美羽《みう》は素直《すなお》になれないだけで、ずっと昔からタッくんのことが好きなのだと──

「残念ながら……それは私の勘違《かんちが》いだったってことが最近わかったけれど」

「…………」

「今あなたが言ったみたいに──私がダメだから自分がもらう、みたいな理由でタッくんと付き合おうとしてるなら……悪いけど応援《おうえん》できないわね。そんな気持ちで付き合おうなんて、相手に失礼だもの」

「……ふーん、なるほどね」

話を聞き終えた美羽《みう》は、不遜《ふそん》な口調で言う。

「上手《うま》い言い訳を考えるもんだね」

「い、言い訳……？」

「素直《すなお》に言えばいいのに。タク兄《にい》のことが大好きになっちゃったから美羽《みう》にはあげたくない、って」

「なっ！　ち、違《ちが》うわよ！　なに言ってるの！」

私が慌《あわ》てて否定すると、美羽《みう》はくすくすと笑った。

「まあでも……そうだよね。ママが私とタク兄《にい》の仲を応援《おうえん》してたのは、私が向こうを好きって勘違《かんちが》いしてた上で――向こうも私が好きって勘違《かんちが》いしてたからだもんね」

向こうも――タッくんも、美羽《みう》のことが好き。

私は確かに、そんな風に勘違《かんちが》いしていた。

二人はきっと両思いなのだろう、と。

「でももう、ママはタク兄《にい》の本当の気持ちを知ってる。タク兄《にい》がずっと好きだったのは、私じゃなくてママだったって。それじゃ応援《おうえん》してもらえないのも無理はないか」

「…………」

「おっけー。わかった。じゃあ交渉は決裂だね」

「決裂《けつれつ》……？」

「そうでしょ？　さっき宣言した通り、私はタク兄《にい》と付き合う。付き合ってもらえるようにこれからいろいろとアクションを起こす。そのための応援《おうえん》を要請《ようせい》したわけだけど、ママは断った」

「…………」

「だから——交渉《こうしょう》決裂《けつれつ》。これ以上ママと話すことはないね」

「……な、なにを言ってるの？　アクションって……美羽《みう》、あなたいったい、なにをするつもりなの？」

「それは言えないなあ。だってママは——もう私の味方してくれないんでしょ？」

「……っ」

「だったら秘密だよ。ライバルには教えてあげません」

どこか挑発《ちょうはつ》めいた笑《え》みを浮《う》かべて言う。

「ラ、ライバル……？」

「そうだよ、ライバルだよ。だって——私達《わたしたち》はこれから、タク兄《にい》のことを二人で奪《うば》い合《あ》って、争うんだからね」

不敵な笑《え》みで告げると、美羽《みう》はこちらに背を向けてリビングを後にした。

「ちょっと、美羽《みう》……、待ちなさいっ、美羽《みう》っ……」


何度も呼び止めるも、意味はなかった。

美羽《みう》は『これ以上話しても無駄《むだ》』と言わんばかりにヒラヒラと手を振《ふ》り、階段を上って自分の部屋へと向かった。


以上。

回想、終了《しゅうりょう》。


これが、昨日の夜の出来事。

美羽《みう》が私に向けた宣戦布告と、それに対する私の反論。

からの——交渉決裂《こうしょうけつれつ》。

ゆえの——敵対宣言。

そして一晩明けて、今朝。

全てが夢だったならよかったのにという私の願いを無視して、美羽《みう》は早速《さっそく》アクションを起こしてきたようだった。

私は……もうわけがわからない。

心の中で、自分の娘《むすめ》に問いかける。

美羽《みう》。

あなた、いったいなにを考えてるの？

いったい——どこまで本気なの？

♠

「……おい、美羽《みう》」

「ん〜、なに？」

「いい加減、離《はな》れろ」

うんざりとした気持ちが、つい声に出てしまった。

歌枕《かつらぎ》家を出発してから早十分。

そろそろ駅に着こうというのに、美羽《みう》はまだ俺《おれ》の腕《うで》に絡《から》みついたままだった。

いくら振《ふ》りほどこうとしても一向に離《はな》れる気配がない。

「えー、なんで？　もう少しいいじゃん」

「よくねえよ。離《はな》れろ」

「本当は嬉《うれ》しいくせにぃ」

「嬉《うれ》しくない」

「むぅ……やっぱりタク兄《にい》は、私ごときのおっぱいじゃちっとも興奮しないのか。ママの怪物《かいぶつ》おっぱいじゃないとダメなのか」

「なにかと誤解を招きそうな発言をするな」

そして綾子《あやこ》さんの胸を怪物《かいぶつ》とか言うな。

いやまあ、気持ちはわかるんだけど、でももっと表現の仕方があるだろう。

たとえば……神とか？

神おっぱいとか？

あるいは女神《めがみ》おっぱいとか？

……いや、ないな。うん、ない。

「はぁーあ、私もそれなりにはあると思うんだけど、うちのママには敵《かな》わないよね。これからの成長に期待かなあ。一応ママとは血縁《けつえん》関係がないわけじゃないんだから、まだ可能性がある気はする」

「……いつまで胸の話してるんだよ？」

「だがしかし！　私には『女子高生』という至上の価値がある！　世の男達《たち》の多くが恋《こ》い焦《こ》がれて止《や》まず、しかし決して手を出すことができない不可侵《ふかしん》の聖域『女子高生』！　その禁断の付加価値を加えれば、ママのおっぱいにも対抗《たいこう》できるのではないのか⁉」

「悪いけど俺《おれ》は『女子高生』になにか特別な価値を見出《みいだ》すタイプの男じゃない」

「なっ……『女子高生』に興味がないって……さすがはタク兄《にい》。筋金入りの熟女趣味《しゅみ》だね」

「俺《おれ》は熟女趣味《しゅみ》じゃねえし、綾子《あやこ》さんはまだ熟女じゃねえよ」

「ちょっとタク兄……熟女とか、天下の往来であんまり恥ずかしいこと言わないでしょ」

「お前が先に言ったんだろ！」

かなりアウトな会話をする俺達《おれたち》だった。人に聞かれたらドン引き間違《まちが》いなしのやり取りだったろう。まだ人通りが少ない道で助かった。

「あはは。そうでした、そうでした」

へらへらと笑って言った後、美羽《みう》はようやく俺《おれ》から離《はな》れた。

片腕《かたうで》が解放されて、俺《おれ》は小さく息を吐《は》く。

「なんだったんだ、結局？」

「んー、別にー」

「……別にじゃないだろ。さっきのもなんだよ。綾子《あやこ》さんと勝負するとか……俺《おれ》に、アプローチするとか」

「実はさ」

少し声のトーンを落とし、美羽《みう》は言う。

「昨日、ママとちょーっと揉《も》めちゃったんだよね。それで……言っちゃった。ママがこれ以上グダグダしてるなら、タク兄《にい》とは私が付き合うって」

「……おま――」

「あーあー、だいじょぶ。言いたいことはわかってる。皆《みな》まで言うな」

両手を前に突《つ》き出《だ》して俺《おれ》の言葉を遮《さえぎ》る。

「全部嘘《うそ》だから」

「嘘《うそ》……？」

「うん、そう。う・そ。嘘《うそ》であり、二人をくっつけるための作戦なの。タク兄《にい》と付き合う気なんてサラサラないから安心して。タク兄《にい》のことは男としてなんとも思ってないし」

あっけらかんとした口調で、不自然なぐらいに明るく、美羽《みう》は言った。

「なんでそんな嘘《うそ》を……」

「うーん。なんていうのかなあ？　いつまでも煮《に》え切《き》らないママを見てたら、ついイライラしちゃって……早くどうにかしなきゃっていう使命感に駆《か》られちゃった感じ？」

「…………」

「私が宣戦布告したことで、ママの方もなにかしら動いてくると思うんだよね。もうのんびりとはしてられないはず。つまり私は、二人のカンフル剤《ざい》になりたかったってわけ」

「…………」

わけがわからない。

いったいなにを考えてるんだ、こいつ？

「もう。そう睨《にら》まないでよ。余計な真似《まね》してるってのはわかってるから」

拗《す》ねたように言って、溜息《ためいき》を吐《つ》く美羽《みう》。

「別にさ、タク兄の邪魔をする気はないんだよ。むしろ逆で、私は全力で二人を応援《おうえん》したいの。そっちはそっちで今まで通りママを攻略《こうりゃく》してくれればいい。私は私で——ちょっと勝手に動くだけだから」

「勝手にって……」

「心配しなくても、タク兄《にい》にとって不利益になることはしないって約束する」

そこまで言うと美羽《みう》は、一歩距離《きょり》を詰《つ》めてきた。

真剣《しんけん》な目をして、まっすぐ俺《おれ》を見上げてくる。

「少しは信用してよ、私のこと」

「…………」

「幼馴《おさなな》染《じ》みであり、たぶん義理の娘《むすめ》になる私のことを」

「……そういう冗談《じょうだん》言うから、信用しにくくなるんだよ」

「あはは。そうだよね」

真剣《しんけん》な目が一転、またも軽薄《けいはく》な笑《え》みを浮《う》かべる。

「とにかく——作戦はもう始まっちゃったわけだから、今更《いまさら》中止は無理なの。タク兄《にい》には嫌《いや》でも付き合ってもらうからね」

「…………」

「あと今の話、ママには絶対内緒《ないしょ》だよ。私はこれからママの前では『タク兄《にい》大好き！』って感じでいくけど……勘違《かんちが》いして私のこと好きになっちゃダメだからね～」

そんな冗談《じょうだん》めかした台詞《せりふ》で会話を切り上げると、美羽《みう》は一人、駅に向かって歩いて行った。

俺《おれ》は困惑《こんわく》したまま、ただその背を見つめることしかできなかった。


大学での昼休憩《きゅうけい》。

学食で昼食を終えた後、俺《おれ》は友人の梨郷聡也《りんごうさとや》と共に敷地《しきち》内のグラウンドへと向かった。

軽くストレッチをしてから、距離《きょり》を取ってフライングディスクを投げ合う。

俺《おれ》と聡也《さとや》の二人は『アルティメット』のサークルに属している。

『アルティメット』

究極の名を冠《かん》するスポーツなのだが、日本ではまだ知名度は低い。

簡単に説明するなら――ボールの代わりにフライングディスクで行うアメフト兼《けん》バスケ、と言ったところだろうか。

味方同士で敵に取られないようにフライングディスクを回していき、相手陣地《じんち》のエンドゾーンでキャッチできたら得点。

日本では大学から始めるプレイヤーが多いそうで――俺《おれ》もその例に漏《も》れず、大学に入学してからプレイし始めた。

もっと言えば、存在を知ったのも大学に入ってからだ。

新入生歓迎会《かんげいかい》で今のサークルに誘《さそ》われて、雰囲気《ふんいき》がよかったのでそのまま入会した。

活動自体はかなり緩《ゆる》く、練習は週に一回あるかないか、というレベル。

大学で本気でスポーツをやる気はないけど、週一ぐらいでなにかしら体を動かしたいと思っていた俺《おれ》には、ちょうどいいサークルだった。

「ふーん、なるほどね。美羽《みう》ちゃんがそんなことを」

キャッチボールならぬキャッチディスクをしながら今朝のことを相談してみると、聡也《さとや》は意味ありげな相づちを打った。

美羽《みう》から『内緒《ないしょ》』と念を押《お》されている作戦であったけれど……まあ、聡也《さとや》に相談することはルール違反《いはん》ではないだろう、たぶん。

「聡也《さとや》、お前はどう思う」

「どう思うって？」

「美羽《みう》の奴《やつ》、なに考えてると思う？」

「そんなの僕《ぼく》にわかるわけないだろ」

苦笑《くしょう》気味に一蹴《いっしゅう》し、フォアハンドスローでディスクを投げてくる。

綺麗《きれい》な軌道《きどう》で飛んできたそれをキャッチした後、

「だよな」

と頷《うなず》きながら、俺《おれ》はバックハンドスローで投げ返した。

「僕《ぼく》と美羽《みう》ちゃんなんて、まだ数えるほどしか会ったことないんだからさ。十年以上一緒《いっしょ》にいる巧《たくみ》にわからないことが、僕《ぼく》にわかろうはずもない」

「そりゃそうなんだけどさ……」

「まあでも……そうだよね。関係性が近いからこそ、見えなくなっちゃうものってのもあるのかな」

「…………」

どこか納得《なっとく》した風に言う聡也《さとや》に、俺《おれ》はなにも言えなくなる。

歌枕美羽《かつらぎみう》。

近所に住む、俺《おれ》の五歳《さい》年下の女の子。

付き合いは十年以上。

関係性で言えば——かなり近しい存在と言えるだろう。

「なんだろうなあ。シチュエーションだけで言えば『長年近くにいた幼馴染《おさななじみ》みの女の子の気持ちが急にわからなくなった』っていう、実にラブコメっぽい相談だと思うんだけど……巧《たくみ》の場合、いろいろ事情が複雑だからなあ」

困ったような顔になり、聡也《さとや》は言う。

「思春期の娘《むすめ》を持つ疲《つか》れたサラリーマンのお父さんから『最近、娘《むすめ》の気持ちがわからない』と相談を受けたような気分だよ」

「誰《だれ》が疲《つか》れたサラリーマンだよ……」

一応突《つ》っ込《こ》むも、あまり強くは言えなかった。

うーむ。確かになあ。

もし将来的に美羽《みう》が俺《おれ》の義娘《むすめ》になると仮定するならば、俺《おれ》は今まさに、思春期の娘《むすめ》（仮）について友人に相談してる形になるのか。

な、なんか複雑だな……。

俺《おれ》はいったい、なんの相談をしてるんだ？

「うーん。そうだね……僕《ぼく》個人の意見を勝手に言っていいならさ――」

そんな前置きをしながら聡也《さとや》は大きく振《ふ》りかぶり、ハンマースローでディスクを勢いよく上方に投げてきた。

山なりの軌道《きどう》を描《えが》いたディスクが、俺《おれ》の方に向かってくる。

「美羽《みう》ちゃんの好きにやらせてあげたらいいと思うよ」

「好きに……？」

少し狙《ねら》いが俺《おれ》からズレたディスクをどうにかキャッチしながら問い返すと、聡也《さとや》はこくりと頷《うなず》いた。

「僕《ぼく》は美羽《みう》ちゃんとなんて二、三回しか会ったことないし、お世辞にも彼女《かのじょ》との付き合いが深いとは言えないけど……でも、それでも十分伝わってきてるから。彼女《かのじょ》がどれだけ、巧《たくみ》や綾子《あやこ》さんのことを大事に思ってるか」

「…………」

「美羽《みう》ちゃんってさ、たぶんすごく頭のいい子なんだと思うよ。勉強とかの話じゃなくて……人間的な意味で。空気は読めるし社交性はあるし、なにも考えてないように見えてすごく考えてしゃべってるし……高校生とは思えないぐらいしっかりしてる」

「ベタ褒《ぼ》めだな」

「巧《たくみ》が思ってそうなこと言っただけだよ」

「……だったら褒《ほ》めすぎだ」

「そんな賢《かしこ》い美羽《みう》ちゃんが自分なりの考えで動いてるんだから、そうそう悪いことにはならないと思うよ」

「そういうもんかね……」

どこか釈然《しゃくぜん》としない思いを、ディスクに乗せて投げ返す。

少し強くなってしまった投擲《とうてき》を、聡也《さとや》は軽々と受け止めた。

それから表情に少し影を落とし、

「でも、だからこそ――妙《みょう》に聡《さと》いからこそ、少し心配でもあるけどね」

と続けた。

「よく笑ってよくしゃべる子だけど……その割にどこか冷めてて、必要以上に達観してるようなとこがあって。よく言えばしっかりしてる。悪く言えば……なんだか無理して大人ぶってるようにも見える」

「…………」

「まあ、僕《ぼく》の考えすぎかもしれないけど」

深く息を吐《は》いた後、聡也《さとや》は再びディスクを構える。

「結局のところ、最終的には巧《たくみ》の度量の問題じゃないかな。オタオタしないで、どーんと構えてればいいと思うよ。美羽《みう》ちゃんがなにを企《たくら》んでようと、その結果どうなろうと、きみの器《うつわ》の大きさで受け止めてあげればいい」

上体を捻《ひね》って大きくディスクを引く。全身のバネを使ったバックハンドスローで、鋭《するど》くディスクを投擲《とうてき》した。

「頑張《がんば》ってね、お父さん」

「誰《だれ》がお父さんだよ」

軽くツッコミつつ、今日イチの強さで飛んできたディスクを、俺《おれ》はしっかりと両手で受け止めた。

♥

「ただいまー」

夕方、美羽《みう》が学校から帰ってきた。

「ママー、お腹減《なか》ったんだけど、なんかない？　晩ご飯の前に軽くつまめるようなやつ。余ってた卵でカステラとかプリンとか作ってたりしない？」

そんな都合良く作ってるわけないでしょ。

とか。

いつもの私ならば、そんな風に呆《あき》れ口調で軽く返したことだろう。

でも今日の私は――

「美羽《みう》。座《すわ》りなさい」

相手の言葉は無視して、『おかえり』の一言も言わないまま、リビングに入ってきた美羽《みう》にそう告げた。

「話があるから、そこに座《すわ》りなさい」

「……………」

美羽《みう》は無言のまま、大人しく私の前に座《すわ》る。

私なりに険しい態度を取っているつもりだけれど、驚《おどろ》いた様子はない。どこか納得《なっとく》した風ですらある。

「なに、話って？　と言ってもまあ、ある程度予想はついてるけど」

小さく苦笑《くしょう》する美羽《みう》に、私は意を決して切り出す。

「……なんだったの、今朝のアレは？」

「アレって？」

「だから……アレはアレよ。その、なんていうか……私の前で、いきなりタッくんと腕《うで》を組んだり、私と勝負するって宣言したり」

うう……なんか、恥《は》ずかしい。

できるだけ真面目に話したかったけれど、会話の内容が内容なのでどうしても照れてしまう。

「まさかあなた……あのまま二人で歩いていったわけじゃないわよね？　ご近所の目だってあるんだから、あんまり変な真似《まね》は——」

「もしかしてママ……嫉妬《しっと》してるの？」

「なっ」

「『タッくんと腕《うで》を組んで歩くなんて、私もまだやってないのに』的な嫉妬《しっと》？」

「ち、違《ちが》うわよ！　なに言ってるの！」

確かにタッくんとはまだ手を繋《つな》いだだけで、あんな風に恋人《こいびと》っぽく腕《うで》を組んだりはまだしていないけど——ってそうじゃなくて！

「嫉妬《しっと》じゃなくて……親として注意してるの。タッくんだって困った顔してたでしょ？　あなたがなにを企《たくら》んでるか知らないけど、彼《かれ》にまで迷惑《めいわく》をかけるのはやめなさい」

「……親として、ね」

美羽《みう》は意味ありげに言葉を繰《く》り返《かえ》した。

「まあ、ママの言ってることは正しいと思うけど、そんな判で押《お》したような正論で私の恋路《こいじ》を邪魔《じゃま》してほしくないなあ」

「こ、恋路《こいじ》……」

「そう、恋路《こいじ》。昨日言ったでしょ？　タク兄《にい》とは私が付き合うって」

美羽《みう》は言う。

「いきなり告白してもまず無理だろうから、とりあえず私のことをどうにか女として意識してもらうところから頑張《がんば》ろうかと思って。タク兄《にい》は私のことなんて妹みたいなものとしか思ってないだろうから、結構大胆《だいたん》に攻《せ》めなきゃダメだと思うんだよねー」

「……いい加減にしなさい」

どうしても冷たく低い声が出てしまう。自分の中の動揺《どうよう》と困惑《こんわく》を押《お》し殺《ころ》すには、無理やりにでも冷徹《れいてつ》な態度を作るしかなかった。

「もうわかってるのよ、あなたの考えなんて」

「え……？」

「本当は全部――私を焚《た》きつけるためにやってるだけなんでしょ？」

「…………」

「告白の返事を保留にしたまま煮《に》え切《き》らない態度を取ってる私を焦《あせ》らせるために、タッくんを狙《ねら》ってる――フリをしてるだけなんでしょ？　違《ちが》う？」

私だってそこまでバカじゃない。

娘《むすめ》の言葉をそのまま真に受けるほど、素直《すなお》な女じゃない。

今日一日冷静に考えて――ようやく思い至った。

美羽《みう》が私達《わたしたち》をくっつけるために、あえて悪役を、あえて当て馬を演じようとしている可能性に――

「…………」

美羽《みう》はなにも言わずに俯《うつむ》いてしまう。

私の推論が図星だった、ということなのだろうか。

「あのね、美羽《みう》……気持ちは嬉《うれ》しいけれど、あなたが私達《わたしたち》のためにそこまで体を張らなくても大丈夫《だいじょうぶ》よ。私達《わたしたち》のことは……私達《わたしたち》の問題なんだから。わ、私だってね、ただ考えなしに結論を引き延ばしてるわけじゃなくてね……なんていうのか、こ、こういうことはじっくりと時間をかけて――」

「――ぶっぶーっ！」

気恥《きは》ずかしさを感じながらも、どうにか優《やさ》しい言葉を選んで告げようとした私だったけれど、美羽《みう》はそんなこちらの気遣《きづか》いを嘲笑《あざわら》うかのように、両手で胸の前に×を作ってきた。

「ざーんねんっ。大ハズレ、見当違《けんとうちが》いもいいところだよ」

「…………」

「私がママのためにそこまで身を削《けず》るわけがないじゃーん。やだもう、ママってば自意識過剰《かじょう》っ。どんだけ私がママのこと好きだと思ってるの？」

「……っ」

「昨日も言ったように、優柔不断《ゆうじゅうふだん》なママに振《ふ》り回《まわ》されるタク兄《にい》がかわいそうだから、ママの代わりに私がタク兄《にい》と付き合うってだけの話だよ。それ以上でもそれ以下でもないし、他意も全くない」

普段《ふだん》と変わらぬ明るい笑《え》みを浮《う》かべたまま、私の予想を全否定する。

煙《けむ》に巻《ま》くような、小馬鹿にしているとしか思えないような態度に不安が募《つの》り……そして、段々とイライラも募《つの》ってきた。

むうっ！

なんなのこの子！

なんで……なんで私がここまでバカにされなきゃいけないの⁉

「ていうかさあ、ママ――本当は怖《こわ》いんじゃないの？」

「こ、怖《こわ》い……？」

「私とタク兄《にい》を取り合ったら、負けるかもしれないと思ってビビってるんじゃないの？」

「なっ……」

得意げな挑発《ちょうはつ》に、私は思わずのけぞってしまう。

「と、取り合うって。なに言ってるの？　タッくんはモノじゃないのよっ」

「まあねー。ビビっちゃうのも無理はないかー」

私の抗議《こうぎ》を無視して、美羽《みう》は一人続ける。

全力で煽《あお》ってくるような、腹の立つ笑《え》みを浮《う》かべて。

「いくら若く見えるって言っても、ママもう、三ピー歳《さい》だもんね。世間一般《いっぱん》で言えば、立派なおばちゃんだよ」

「おばっ……」

「一方私は、ピッチピチの十代！　現役《げんえき》の女子高生！　こりゃもう、戦う前から勝負は決まったようなもんかなあ？」

「……ふっ。ふふふ」

私は笑う。

怒《いか》りの余り、笑うしかなかった。

できるだけ穏便《おんびん》に事を済ませたかったけれど——ここまで言われて黙《だま》っている義理はない！

全国の三十代女性のためにも反論しないわけにはいかない！

「……わ、わかってないわね、美羽《みう》。女っていうのはね、若ければいいってものじゃないのよ。ある程度年齢《ねんれい》を重ねた女性にしか出せない、落ち着きや包容力ってものがあるのよ。現代の疲《つか》れた男達《たち》の中には、女性にそういうものを求める場合も多いんじゃないかしら？」

「落ち着き……？　包容、力……？」

「素できょとんとしないでよ！」

『え？　あなたのどこにそんなものが？　客観視って知ってます？』みたいな顔を向けられ、泣きそうになってしまう。

た、確かに私には欠けてるかもしれないけど！

タッくんに告白されてからというもの、落ち着きも包容力もゼロで、終始オタオタしてた気がするけれど！

「こと恋愛《れんあい》方面に限って言えば……ママには三十代女性の落ち着きなんて皆無《かいむ》でしょ」

淡々《たんたん》と言う美羽《みう》。

もはや責めるというより……哀《あわ》れむような口調だった。

「自分からはなにもしないくせに、告白の返事をダラダラ引き延ばして、そのくせ相手が他の女といるとイライラし出すんだから。面倒臭《めんどうくさ》いにもほどがある。もはや女子高生も通りすぎて中学生レベルだよ。いや、こんなこと言ったら中学生に失礼かな。もう、なんていうか……シンプルに女性として格好悪い」

「……う、うぐぅ……」

な、なにも言えない。言葉のナイフが臓腑《ぞうふ》を抉《えぐ》りまくってくるけど、正論すぎてなんにも言い返せない……。

うわあ、なんて面倒臭《めんどうくさ》い女なのかしら、私。

客観的に事実だけ羅列《られつ》されると、キッツいなあ……。

「これでわかったでしょ？　私とママ、どっちがタク兄《にい》に相応《ふさわ》しい女か」

「……た、確かに私は……三十代のくせに落ち着きも包容力もない、面倒《めんどう》な女なのかもしれない……その可能性は否《いな》めない――でもっ」

私は言う。

「タッくんは、そんな私を好きだって言ってくれたのよ！」

昂《たか》ぶる感情のままに、声高《こわだか》に叫《さけ》ぶ。

「タッくんが好きなのは私なの！　だから美羽《みう》がなにをしたところで、あなたになびくことはないの！　だって……タッくんは私のことが本当に大好きで、すごく大切に思ってくれてて
……えと、あの、だから……うん」

……言ってる途中《とちゅう》から、猛烈《もうれつ》な羞恥心《しゅうちしん》がこみ上げてきた。

いや待って。

なにを言ってるの私？

なんか……めちゃめちゃ恥《は》ずかしいこと言ってない⁉

「うーん。まあ……それはそうなんだよね」

羞恥心《しゅうちしん》に殺されそうになる私とは対照的に、美羽《みう》はあくまで冷静に言う。

「肝心《かんじん》のタク兄《にい》はママにゾッコンなわけだから、この勝負はママにかなりのアドバンテージがある。私が圧倒的《あっとうてき》に不利。そんなことは最初からわかってる。でも――今のママが相手なら、まだ私にも勝ち目はあると思うんだ。だから――」

美羽《みう》は言う。

挑発《ちょうはつ》的な目で、私を睨《にら》むようにして。

「結局、勝負するしかないよね、ママ。どっちがタク兄《にい》を落とすかの、真剣《しんけん》勝負」

「…………」

「言っとくけど、ママに拒否権《きょひ》はないよ？　ていうか……拒否《きょひ》しようがしまいが、私のやることは変わらないから。私は全力でタク兄《にい》を落としに行くだけ。それが嫌《いや》なら、ママはママでタク兄《にい》にアピールすればいい。簡単な話でしょ？」

「…………」

「それとも――やっぱり負けるのが怖《こわ》い？」

言葉に詰《つ》まる私に対し、美羽《みう》はやはり煽《あお》るように言う。

「こんなにもママに有利な勝負だっていうのに、それでも自信ない？　娘《むすめ》の私に女としての魅《み》力《りょく》で負けちゃったら、母親としての威厳《いげん》がなくなっちゃいそう？」

「くっ……い、言ってくれるわね」

試《ため》すような視線を、私はまっすぐ睨《にら》み返す。

「……いいわ。望むところよ」

私は言った。

「あなたがなにを考えてるか知らないけど、その挑発《ちょうはつ》に乗ってあげる」

馬鹿げたことを言っているという自覚はある。

娘《むすめ》の挑発《ちょうはつ》に乗って、こんなふざけた勝負を受けてしまうなんて。

でも——他にどうしたらいいかわからなかった。

勝負を受けようが受けまいが美羽《みう》のやることは変わらないというならば、これ以上今の段階で議論するだけ無駄《むだ》だと思う。

それに、なにより。

娘《むすめ》にここまで真っ正面から喧嘩《けんか》を売られて、母親として引き下がるわけにはいかなかった。

「タッくんは、美羽《みう》には絶対に渡《わた》さない」

「いいね、そうこなくっちゃ」

美羽《みう》は上機嫌《じょうきげん》に笑った。

「ふふっ。楽しみだなあ。タク兄《にい》を巡《めぐ》る母と娘《むすめ》の仁義なき戦い……果たしてどんな修羅場《しゅらば》になることやら」

まるで他人事《ひとごと》のように言いながら、美羽《みう》は立ちあがる。

そのままリビングを横切り、壁《かべ》にあるカレンダーの方に歩いて行く。

「ちょうどいい夏のイベントもあることだしね」

そういって指さしたのは――カレンダーの七月末の日付。

多くの学校が夏休みに入る時期。

美羽《みう》が指した日付の項目《こうもく》には、こう書かれている。

『左沢家《あてらざわけ》、歌枕家《かつらぎけ》、ハワイアンZ《ゼット》に家族旅行!!』

「ふふん。どんな水着でタク兄《にい》を悩殺《のうさつ》しちゃおっかなあ?」

「…………」

楽しげな美羽《みう》とは裏腹に、私は一人愕然《がくぜん》とした。

ああ、そうだ。

すっかり忘れてた。

夏休みに入ったら――毎年恒例の家族旅行があるんだった！

第二章
上京と水着

♥

七月の下旬《げじゅん》――

スパリゾートへの家族旅行を、三日後に控《ひか》えた日。

その日私は仕事のため、新幹線で東京へとやってきていた。

私の勤める会社――株式会社『ライトシップ』。

かつて大手出版社のカリスマ編集者だった、狼森夢美《おいのもりゆめみ》が独立して立ち上げた会社。業務内容は多岐《たき》に渡《わた》り……人には大変説明しづらいのだけれど、漫画《まんが》やアニメ、ゲームなどの様々なエンタメ事業に関わっている。

『ライトシップ』の本社自体は東京に存在する。

基本的には在宅ワークをしている私だけれど、数ヶ月に一度ぐらいの頻度《ひんど》で、本社や取引先に呼ばれることがある。

いかにリモートワークが普及《ふきゅう》した世の中とは言え、直接その場に行かなければならない仕事は、やはり多数存在するのだった。

「んー、これでとりあえず、挨拶回《あいさつまわ》りは一段落かな？」

取引先の会社が入っているビルから出たところで、狼森《おいのもり》さんは大きく伸《の》びをした。

彼女はいつもの、パンツルックのスーツ姿。

私の方も、久しぶりにスーツに袖《そで》を通している。

普段《ふだん》は部屋着のまま、なんなら時々パジャマのまま在宅で仕事をしている私だけれど、やはりスーツを着ると気持ちが引《ひ》き締《し》まる気がする。

仕事するぞ、って感じになる。

「悪かったねえ、あちこち連れ回して。久しぶりに歌枕《かつらぎ》くんがこっちに来てくれたから、新しく紹介《しょうかい》しておきたい人や会社がいろいろとあってさ」

「いえ、大丈夫《だいじょうぶ》です」

小さく首を振《ふ》る。

本社での仕事を済ませた後、狼森《おいのもり》さんは私を連れて、新しく取り引きを始めた企業《きぎょう》やクリエイターに私を紹介《しょうかい》して回ってくれた。

連れ回して悪かった、なんていうけれど、こうして人脈を広げてもらえることは本当にありがたい話だと思う。

そもそも――私は特例中の特例で在宅ワークを許してもらっている身だ。

たまの上京で社長にどれだけ連れ回されたところで、文句を言える筋合いはないだろう。

「いやー……しかし暑くなってきたものだ」

都会の人混みを歩きながら、狼森《おいのもり》さんは愚痴《ぐち》るように言った。

時刻は午後の四時すぎ。暑さの盛《さか》りはすぎた時間だけれど、夏の熱気はまだアスファルトの上に残っているようだった。

「東北住みの歌枕《かつらぎ》くんには、この暑さはキツいんじゃないかい？」

「そうでもないですよ。うちは東北でも南の方で、盆地《ぼんち》のところですから。風があんまり吹《ふ》かないせいか、意外と夏が暑いんですよね」

「へえ。じゃあ雪は降らないのかい？」

「……雪は降るんですよね」

東北なのに夏は暑くて、東北だから冬には雪が積もる。

我ながらなかなか面倒《めんどう》な地域に住んでいると思う。

「歌枕《かつらぎ》くん、今日は泊《と》まっていくんだっけ？」

「はい。もう宿も取ってます。明日も少し本社で作業がしたいので」

美羽《みう》が小さい頃《ころ》はできる限り日帰りで帰るようにしていたけれど、中学に入ったぐらいからは泊《と》まりのお仕事も解禁した。美羽《みう》の方から『心配しすぎ。一日ぐらい一人でも大丈夫《だいじょうぶ》だから』と申し出てくれたのだ。

「そうかそうか。じゃあ今日の夜は、久しぶりの一人の夜を満喫《まんきつ》したまえ。なんなら私がエスコートしようか？　歌舞伎町《かぶきちょう》辺りにでも二人で繰《く》り出《だ》そうじゃないか」

「か、歌舞伎町《かぶきちょう》って……どこに連れてく気なんですか？」

「行きつけのホストクラブだけど」

「行きません」

「じゃあボーイズバーなら？」

「結構です！」

全力で拒否《きょひ》する私だった。

「そこまで嫌《いや》がらなくても……。別にいかがわしい店というわけじゃないよ？　見目麗《みめうるわ》しいメンズに接待してもらいながら美味《おい》しい酒を飲むだけの場所さ。淑女《しゅくじょ》の嗜《たしな》みみたいなものだよ」

そんなことを言われても、無理なものは無理。

歌舞伎町《かぶきちょう》もホストクラブもボーイズも、全部無理。

全部未経験だから偏見《へんけん》で語ってるのはわかってるけど……とにかくそういう空間は性格的に無理！

「やれやれ。歌枕《かつらぎ》くんは潔癖《けっぺき》だなあ。もしかしたらこれが最後のチャンスかもしれないんだよ？」

「最後のチャンス……？」

「もしも左沢《あてらざわ》くんと付き合うことになったなら、今後は夜遊びなんてできなくなるだろう？ハメを外すなら今しかない。今ならばなにをしたって浮気《うわき》にはならない」

「……独身最後の夜に部下を夜遊びに誘《さそ》う男上司みたいなこと言わないでください」

げんなりしながら言い返すと、狼森《おいのもり》さんはくすくすと笑った。

「まあ無理強《むりじ》いはしないさ。でもせめて、ディナーぐらいはご馳走《ちそう》させてくれ」

「ご飯だけなら喜んで」

「了解《りょうかい》。でも……これからどうしようか？　まだディナーには少し早いけれど、会社に戻《もど》るにしても中途半端《ちゅうとはんぱ》だし」

「……あの、狼森《おいのもり》さん」

私は言う。

「もし時間があるなら——私の買い物に付き合ってもらってもいいですか？」


狼森《おいのもり》さんに先導される形で、東京の街を歩く。

タクシーを拾って最寄《もよ》り駅《えき》へと向かった後、駅ビルの中を上ったり降りたりしながらグネグネと歩いていく。

はあ……相変わらず東京の道は複雑だ。駅ナカやその周辺は迷路《めいろ》としか思えない。狼森《おいのもり》さんがいてくれなかったら、絶対に迷子になってたと思う。

とても自分の買い物なんてできなかっただろう。

「——へえ。スパリゾートに一泊《ぱく》二日の家族旅行か」

駅の近くにある百貨店へと向かう途中。

諸々《もろもろ》の事情を聞いた狼森《おいのもり》さんは、そんな風に相づちを打った。

「しかもお隣《となり》の左沢《あてらざわ》家も合同だなんて」

「……うちの父がそこの株を持ってて、毎年株主優待券をもらえるんです。毎年二泊《はく》分ぐらいもらえるので、日頃《ひごろ》の感謝を込《こ》めて左沢《あてらざわ》家にお裾《すそ》分けしたら、『せっかくだから一緒《いっしょ》に行こうか』という話になり、いつしか夏の恒例《こうれい》行事に……」

「ふむ。楽しそうな話だというのに、なんだか浮《う》かない顔だね？」

「……今年はちょっと特殊《とくしゅ》なんですよ」

溜息《ためいき》混じりに言う。

「人気リゾート施設《しせつ》だから夏休みは激混みで、ホテルは半年前ぐらいから予約してるんですけど……今年はタッくんのパパに急な仕事が入っちゃったみたいで」

日付をズラそうにも、夏休みは予約がパンパンでどうにもならなかった。

タッくんのパパは仕方なく欠席。

そして旦那《だんな》を一人置いていくのも悪い気がすると、タッくんのママも欠席。

「左沢夫婦《あてらざわふうふ》が来られないから、タッくんも行くのを迷ってたんですけど……それを、私がやや強引《ごういん》に誘《さそ》った形で……」

「え？　歌枕《かつらぎ》くんが誘《さそ》ったのかい？」

「……はい」

「はあー。それはまた、大胆《だいたん》なことを」

「ち、違《ちが》うんです！　その予定立てた頃《ころ》は……まだ告白される前だったんです！」

四月の上旬頃《じょうじゅんごろ》、だったと思う。

三人での一泊旅行《いっぱくりょこう》に行くことを躊躇《ちゅうちょ》していた彼《かれ》を、私は強く誘《さそ》った。

『行きましょうよ、タッくん。せっかくの年に一回の旅行なんだから。ね？　タッくんがいてくれた方が私も美羽《みう》も楽しいわ』

こんな感じで。

「……その頃《ころ》は、タッくんが私に思いを寄せてるなんて全く気づいていなかった時期なので……普通《ふつう》に息子《むすこ》や弟を誘《さそ》うようなノリで誘《さそ》ってしまった感じで……」

「左沢《あてらざわ》くんの方は、きみからそんな風に誘《さそ》われたら断るわけにもいかなかっただろうねぇ」

「しかも——ホテルでは、私と一緒《いっしょ》の部屋に泊《と》まることになってるんです……」

「え……？　きみと、左沢《あてらざわ》くんが……？」

「はい……もちろん美羽《みう》も一緒《いっしょ》なんですけど……これもまた、私の方から誘《さそ》った形で」

「……なんというか、知らぬ間にずいぶんと肉食系になったのだね」

「ち、違《ちが》うんですぅ！　当時の私はなにも深く考えてなかったんです！　まだタッくんに告白される前だったから……」

元々二部屋予約していて、タッくんは左沢《あてらさわ》家が泊《と》まる予定だった部屋に一人で泊《と》まると主張したが——それを私が強く否定したのだった。

『ダメよ、タッくん。部屋代がもったいないからキャンセルしましょ。どうせ部屋なんて寝《ね》るだけなんだから、私達《わたしたち》と一緒《いっしょ》の部屋で寝《ね》ればいいじゃない。一人で家族部屋に泊《と》まるなんて贅沢《ぜいたく》だし……それにタッくんがキャンセルすれば、キャンセル待ちの人達《ひとたち》が一組入れることになるのよ？』

こんな感じで。

彼《かれ》は最後まで遠慮《えんりよ》していたけれど、最終的には私が強引《ごういん》に押《お》し切《き》る形となった。

うわあ。うわあぁ……っ！

なにをやってるのよ、四月頃《ごろ》の私⁉

自分からタッくんと同じ部屋に泊《と》まることを提案するなんて……！

「やれやれ、なんとも皮肉な話だね。よく言えばきみが左沢《あてらざわ》くんを家族のように信頼《しんらい》していたから。悪く言えば男としてまるで意識していなかったから。彼《かれ》の気持ちに全くの無自覚だったからこそ、なんの遠慮《えんりよ》も躊躇《ちゆうちよ》もなく気軽に一泊旅行《いっぱくりよこう》に誘《さそ》えたというわけか」

大仰《おおぎよう》に肩《かた》をすくめる狼森《おいのもり》さん。

「こんな自覚なき誘惑《ゆうわく》に、左沢《あてらざわ》くんは十年間、ずっと振《ふ》り回《まわ》されてきたんだろうね。同情を禁じ得ないよ」

「……うう」

返す言葉もなく、呻《うな》るしかなかった。

とにもかくにも過去の私のせいで——今回の家族旅行は、私達母娘《わたしたちおやこ》とタッくんが同じ部屋で一泊《ぱく》する旅行となってしまった。

ああ、どうしてこんなことに……？

のほほんと生きてた過去の私が、今の私の首を絞《し》めてくる……。

まあ……私達《わたしたち》はすでにラブホテルで一泊《ぱく》しちゃってるわけだけど、だからって彼《かれ》とのお泊《と》まりに慣れるなんてことは全くない。緊張《きんちょう》と不安で、考えただけでパニックに陥《おちい》りそう。

しかも。

そんな心配だらけの今年の旅行に、最近、もう一つ懸念事項《けねんじこう》が発生してしまった。

「なるほどね。事情は大体把握《はあく》したよ。ではこの狼森夢美《おいのもりゆめみ》が——そんな前途《ぜんと》多難な家族旅行に相応《ふさわ》しい水着を選んであげようじゃないか」

「……お願いします」

付き合ってほしかったのは——水着の買い物だった。

ハイブランドを上品に着こなす狼森《おいのもり》さんならば、私に合いそうな水着を売っている店も知っていることだろう。今回の上京に際して、時間があればお願いしようと思っていた。

「しかし意外だね。歌枕《かつらぎ》くんが私にこんなことを頼《たの》むなんて」

「え……？」

「服はいつも美羽《みう》ちゃんと買いに行ってると言ってなかったっけ？」

「それは……そうなんですけど」

ここ数年、私のファッションも美羽《みう》がコーディネートしてくれることが多くなった。小さい頃《ころ》は私が選んであげていたのに、今じゃ美羽《みう》の方が私よりもオシャレに詳《くわ》しくなっている。

新しい水着も、本当は美羽《みう》と買いに行くつもりだった。

「なんとなく……今、美羽《みう》には頼《たの》みにくい感じで」

「ふむ？　珍《めずら》しいね。喧嘩《けんか》でもしたのかい？」

「喧嘩《けんか》……ってほどでもないんですけど」

むしろ――喧嘩《けんか》ならよかったのかな、と思う。

お互《たが》いに意見を剝《む》き出《だ》しにして、侃々諤々《かんかんがくがく》とぶつかり合ったならば、もっと気分はすっきりしたのかもしれない。

でも今は、なんだかずっとモヤモヤが溜《た》まっている感じ。

「最近……美羽《みう》の考えていることがわからなくて」

「へえ。それは健康的なことだね」

「え？」

予想外の言葉を返され、呆気《あっけ》に取《と》られてしまう。

健康的？

「高校生の子供がなにを考えてるかわからない……実に母親らしい健全な悩《なや》みじゃないか。思春期の子供なんて、親からしたらなにを考えてるかわからなくて当たり前だよ」

「……………」

「だから歌枕《かつらぎ》くんがそんな悩《なや》みを抱《いだ》くことは、極《きわ》めて健全で健康的なことだと思う。むしろ逆に、『子供のことはなんでもわかってる。この世で一番私が理解している』なんて思い上がってる親の方が不健全だね。そんな親は、子供と向き合ってるようで、なにも向き合っちゃいないのさ」

滔々《とうとう》と淀《よど》みなく、狼森《おいのもり》さんは言う。

「私は美羽《みう》ちゃんとは数回しか会ったことがないけど……彼女《かのじょ》は少々いい子すぎるところがあったと思うからね。そんな彼女《かのじょ》が反抗《はんこう》的な態度を取ったとなると……ふふふ。いい傾向《けいこう》じゃないか。きみのことを心から母親と認めているからこそ、ちょっと甘《あま》えたくなってしまったんじゃないのかな？」

「……そう、なんでしょうか？」

甘《あま》え……なのだろうか？

とてもそんな風には見えなかったけれど。

「まあ、あくまで私の予想さ。そこまで真に受けてもらっても困るよ」

そこで狼森さんにしては珍しく、本当に珍しく、少し自信なさげに言葉を付け足す。

「子供一人まともに育てたこともない女が、聞きかじりの知識で知った風な戯言《たわごと》をほざいているだけだ。適当に聞き流してくれ」

口元にはいつもの不敵で皮肉めいた笑《え》みが浮《う》かんでいたが、どうしてかその笑《え》みは、少し寂《さび》しげに見えてしまった。


百貨店に入った後は、二人でエレベーターに乗《の》り込《こ》む。

目的のフロアで降りると、そこにはハイブランドの店舗《てんぽ》がずらりと並んでいた。

高級感溢《あふ》れる空間を狼森《おいのもり》さんは颯爽《さっそう》と歩いていき、私はその後ろをビビリながらついていく。

やがて彼女《かのじょ》は慣れた様子で、一つの店に入っていった。

「お、狼森《おいのもり》さん……？　ここ、ですか？　こんなところで水着買うんですか？」

「そのつもりだけど」

「なんか……すごく高そうなんですけど」

シックで落ち着いた雰囲気《ふんいき》をした、実にハイブランドらしい店だった。

十代二十代の小娘《こむすめ》ではとても足を踏《ふ》み入《い》れられないような、格調高いオーラを感じる。店内の一角には水着売り場もあるが、私がこれまでの人生で利用したことがある水着売り場とはまるで違《ちが》う。

並ぶ水着は華《はな》やかでありながらしかし主張は強すぎず、落ち着いた気品のようなものを纏《まと》っている。若者ではなく大人の女性をターゲットとしてデザインされたものなのだろう。

それもおそらくは……お金持ちの女性を。

「なんだか、海外セレブが着てそうな水着ばかりですね……」

「ご明察。海外のモデルやセレブにも人気が高いブランドだ」

「私、水着にそこまで出せる余裕《よゆう》は……」

「心配せずとも大丈夫《だいじょうぶ》だよ。確かに高いものは高いブランドだが、ここの店舗《てんぽ》は比較的《ひかくてき》リーズナブルな品も揃《そろ》ってる。手頃な値段で質のいい水着を買えるはずだ」

「でも……なんていうか……私にはちょっとオシャレすぎるというか。もっと庶民《しょみん》的な店でいいというか」

「なにを言う。さっきどういう水着が欲《ほ》しいか聞いたら、『大人っぽいものがいい』と言ってたじゃないか」

「い、言いましたけど」

「歌枕《かつらぎ》くんももう、立派に成熟した大人の女性だろう。きちんとした水着の一つや二つ、持っていてもいい年頃《としごろ》だよ」

「でも……」

「それに」

二の足を踏《ふ》む私に、狼森《おいのもり》さんは言う。

じーっ、と私の体を上から下まで見回し——そして最後は重点的に胸部を見つめながら。

「きみの場合、こういうところにでも来ないと……サイズがないだろう？」

「………」

図星だった。

そうなの！

サイズがどこにもないの！　ブラジャーも水着も……かわいいな、欲《ほ》しいなって思ったものは大体サイズがないの！

「まあ、とりあえず見て回るぐらいはいいだろう。買うか買わないかは試着してから決めればいい」

「……はあ」

狼森《おいのもり》さんに説得されて、私は店内の水着を見て回る。

へえー、わぁー。

オシャレな水着がいっぱい。

凝《こ》っていて大人っぽいデザインで……なんていうか、ちょっとエッチなんだけど決して下品ではない。値段も狼森《おいのもり》さんが言ってた通り、そこまで高くはない。

こういうのなら……着てみたいかも。

気後《きおく》れしていた私が少し乗り気になっていると、

「どれ歌枕《かつらぎ》くん、いいのを見つけてきたから、早速《さっそく》試着してみようじゃないか」

水着を一着持った狼森《おいのもり》さんが肩《かた》を叩《たた》いてきた。

「え、早っ……ま、待ってください。私、まだ見てて……」

「いいからいいから」

「ちょ、ちょっと……まだ、心の準備が……！」

「いいからいいから」

無理やりに手を引かれて、渡《わた》された水着と共に試着室へと放《ほう》り込《こ》まれる。

さすがは高級店だけあって、試着室はかなり広い。大きな姿見と荷物入れの籠《かご》。そして……

女性が水着を試着するときに必要なアレコレ。

「……はあ。まったく、いつも強引《ごういん》なんだから」

溜息《ためいき》を吐《つ》きつつ、私は着ていた服と下着を脱《ぬ》ぎ始めた。いちいち逆らうのも疲《つか》れてきたし、
ここは大人しく従うのがベターだろう。そんな諦《あきら》めの境地となって着替《きが》えを進めていく。

そして——およそ五分後。

私は狼森《おいのもり》さんが選んだ水着の一つを試着した。した……のだけれど。

うわあ……な、なにこれ……？

ええ……ちょっと、すごすぎない？

いくらなんでも……エッチすぎるんじゃ――

「――終わったかい？」

「ひゃあああっ!?」

シャッ、と。

いきなり背後のカーテンが開かれ、素《す》っ頓狂《とんきょう》な悲鳴をあげてしまう。

「も、もうっ！　勝手に開けないでください！」

必死の抗議《こうぎ》もどこ吹《ふ》く風で、狼森《おいのもり》さんは興味深そうな視線で私を眺《なが》めた。

水着を着用した、私の肉体を。

「おお、いいじゃないか。なかなか似合ってるよ」

「似合ってないですよ！　なんですか、この変態みたいな水着は!?」

私が着た水着は、一言で言うなら――Vだった。

V。

アルファベットの、Vの字。

肩《かた》から伸《の》びる二本の布が股間《こかん》で繋《つな》がり、細い布で秘部を隠《かく》している感じ。

いや。

厳密に言えば……ほとんど隠せていない。股間《こかん》はかろうじて隠《かく》れている程度で、胸は肉がかなりはみ出してしまっている。お尻《しり》は……布が割れ目に思い切り食《く》い込《こ》んでいる。

背後の鏡に映る後ろ姿は、もはや丸出しとなにも変わらなかった。

「似合ってることは似合ってるけど……うん。予想していた十倍ぐらいは卑猥《ひわい》な感じになってしまったね」

「当たり前ですよ！　こんなのほとんど裸《はだか》と変わらないじゃないですか！」

「うーむ。改めて見ると……歌枕《かつらぎ》くんは暴力的なまでにエロい肉体をしているね。特におっぱいが凶悪《きょうあく》だ。巨大《きょだい》なのに瑞々《みずみず》しい張りがあって、それでいて柔《やわ》らかそうで……女の私ですら理性を失いそうになる……。そしてお尻《しり》も――」

「しみじみと語らないでくださいっ！」

猛抗議《もうこうぎ》して地団駄《じだんだ》を踏《ふ》む。

しかし――その動きが命取りだった。

Vの字水着の細い布は、私の胸を包《つつ》み込《こ》むにはあまりに頼《たよ》りなかったようで、勢いよく地団《じだん》駄《だ》を踏《ふ》んだ瞬間《しゅんかん》に――水着がズレた。

ぶるんっ、と。

両方の胸が弾むように飛び出してしまう。

「おうっ!?」

「へっ……きゃあああっ！」

思わずのけぞる狼森《おいのもり》さんと、慌《あわ》てて胸を隠《かく》す私。

ああ……うう、もう嫌《いや》だぁ。

なんでこんなことになっちゃうのぉ……？

「……いやー、す、すごいものを見てしまったね。なにか爆発《ばくはつ》でも起こったのかと思ったよ」

困ったような照れたような顔で、狼森《おいのもり》さんは言う。

「まったく、私相手にこんなラッキースケベを起こしてどうするんだい？」

「や、やりたくてやったわけじゃありません！」

「こういうことは左沢《あてらざわ》くんの前でやりたまえ」

「絶対にやりませんっ！」

涙目《なみだめ》で絶叫《ぜっきょう》する私だった。

狼森《おいのもり》さんを睨《にら》みつつ、いそいそと水着を直す。

「うう……もう私、帰りますっ」

「おいおい、そう拗《す》ねることもないだろう」

「拗《す》ねてません。拗《す》ねてるんじゃなくて……萎《な》えたんです」

萎《な》えた。

一気に、萎《な》えてしまった。

自分なりに勇気を振《ふ》り絞《しぼ》って新しい水着を買おうとしたけれど……恥《は》ずかしいアクシデントのせいで、なけなしの気力が失《う》せてしまった。

「やっぱり私には……合わないですよ、こんなオシャレなブランドの水着なんて。庶民《しょみん》が慣れない背伸《せの》びをしてもみっともないだけです。それにもう、プールで頑張《がんば》るような年でもないですし。この年で気合いの入った水着を着るのも……なんか、イタいっていうか」

「………」

「去年も一昨年もプールには行きましたけど、私は水着に着替《きが》えないで、美羽《みう》達《たち》が遊んでるのをプールサイドで見てただけでした……だから、今年もそうすればいいだけの話なんです」

「………」

「そもそも、あそこのプールって夏休みは激混みの芋《いも》洗い状態で大して泳げないですからね。うんうん、やっぱり水着なんて新調しなくても――」

「――歌枕《かつらぎ》くん」

鋭《するど》い声、だった。

ずっとニタニタ笑っていた狼森《おいのもり》さんが、笑《え》みを消して私を見つめる。咎《とが》めるような呆《あき》れたような、静かな怒《いか》りの籠《こ》もった眼差《まなざ》しだった。

「きみは今日――なぜ新しい水着を買おうと思ったんだい？」

「え……」

「今、『去年と一昨年は、プールに行っても水着には着替《きが》えなかった』と言っていたけれど、ならばなぜ、今年は水着を着ようと思ったんだい？」

「それ、は……」

「左沢《あてらざわ》くんに見せたいからだろう？」

答えを先回りするように、狼森《おいのもり》さんは言った。

「自分のことを好きだと言う男の子に、プールで水着姿を見せたかった。どうせ自分の肉体を見せるのであれば、少しでも美しく見せたかった。違《ちが》うかい？」

「……そう、ですけど」

断定的な口調と鋭《するど》い視線に圧倒《あっとう》され、降参するように頷《うなず》いた。

そう、その通りだ。

勝負を仕《し》掛けてきた美羽《みう》への対抗《たいこう》意識もなかったわけではないけれど、一番のきっかけとなった理由は、水着を見せたい相手ができたから——

「で、でも別に、見せたいってわけじゃなくて……ただ、もしかしたら向こうは『見たい』って思ってくれてるのかなあ、って考えちゃって」

タッくんは、見たいのだろうか。

私の、水着姿を。

プールに行くとなれば、そういうことも期待してくれるのだろうか。

去年までは――そんなこと考えたこともなかった。

タッくんが私のことを好きだなんて、考えもしなかったから。

私の水着姿なんて、誰《だれ》も興味ないと思っていた。

でも、今年は――

「……も、もしタッくんが『見たい』なら、その期待に応えてあげたいという気持ちもあって……あの、その、自意識過剰《かじょう》なのは十分わかってるんですけど」

「自意識過剰《かじょう》でもなんでもないさ。より美しく自分を見せたいと思うのは、女として極《きわ》めて真っ当な本能だよ。まして相手が、自分に好意を寄せてる相手なら――自分を女として見てくれている相手なら、当たり前の話だ。なにも恥《は》じることはない」

「………………」

「年齢《ねんれい》のことだって気にするだけ時間の無駄《むだ》だ。バカらしいことこの上ない」

「バ、バカらしいって……私は、私なりに真剣《しんけん》に悩《なや》んで――」

「いいかい、歌枕《かつらぎ》くん」

私の言葉を遮《さえぎ》り、強い声で言う。

「確かにきみはもう、若くはないのかもしれない。人によっては『おばさん』と呼ぶ年齢《ねんれい》に足を踏《ふ》み入《い》れたのかもしれない。世間からは年相応の落ち着いた振《ふ》る舞《ま》いを求められるのかもしれない」

でもね、と続ける。

「残りの人生で一番若いのは、いつだって『今』なんだよ」

「――っ！」

すごいことを言われた気がした。

グサァッ！　と。

言葉が胸に突《つ》き刺《さ》さった。

心の一番深いところを、凄《すさ》まじい鋭《するど》さで抉《えぐ》られた気がした。

「きみも私も、人は誰《だれ》もが一日一日年を取っていく。三十を過ぎれば、加齢《かれい》は成長ではなく老いでしかない。今日より明日、明日より明後日《あさって》、我らはどんどん老いていく」

口調には段々と熱が籠《こ》もっていく。私より長くこの世界を生きている女性の発言だと思うと……言葉が持つ重みが違《ちが》った。

「三十を超《こ》えて気合いが入った水着を着るのが恥《は》ずかしい？『今』そんなことを言っていたら、来年や再来年はもっと恥《は》ずかしくなるぞ。そうやって自分で自分に呪《のろ》いをかけてしまえば――もう二度と人前で水着なんて着られなくなってしまう」

「…………」

「理由がなんであれ、きみは左沢《あてらざわ》くんに水着姿を『見てほしい』と思ったのだろう？　少しでも美しい自分を『見てもらいたい』と思ったのだろう？　だったらその『今』の気持ちを大事にしようじゃないか」

にやりと笑い、鷹揚《おうよう》な口調で言い放つ。

「誰《だれ》に恥《は》じることなく、全力で気合いを入れた水着を着たらいい。残りの人生で一番若い歌枕《かつらぎ》綾子《あやこ》の肉体を、余すことなく左沢《あてらざわ》くんに見せつけてやりたまえ」

「狼森《おいのもり》さん……」

胸が、じーん、と熱くなるようだった。

不覚にも感極《かんきわ》まってしまい、目頭《めがしら》が熱くなるのを感じた。

「……すみません。私、また年齢《ねんれい》を言い訳に使ってましたね」

小さく頭を下げた後に、私は言う。

「水着……勇気を出して、ちょっといいものを着てみようと思います。残りの人生で一番若い私を、彼《かれ》に見せてあげるために」

「それがいい」

「でも……」

いい感じに話はまとまったけれど――しかしそんな感動ムードで流すわけにはいかない問題が、まだ一つあった。

視線を自分の体に向けつつ、私は言う。

『V』水着のせいで、ほぼ素《す》っ裸《ぱだか》な体を見つめながら。

「それはそれとして……この水着は絶対に嫌《いや》なんですが」

「安心したまえ。その水着はネタ枠《わく》だ。次からは真面目に選ぶ」

ネタ枠《わく》だったらしい。

次から真面目に選ぶということは、やはり不真面目に選んでいたらしい。

ぶん殴《なぐ》ってやろうかと思った。

第三章
休暇と旅行

♠

七月末——

多くの学生が夏休みを迎《むか》える季節。

この時期は毎年、左沢《あてらざわ》家と歌枕《かつらぎ》家合同で、県南にあるリゾート施設《しせつ》、スパリゾートハワイアンZ《ゼット》に出かけるのが恒例《こうれい》行事となっている。

一泊《ぱく》二日の家族旅行。

今年はやむを得ぬ事情によって俺《おれ》の両親が不在。

歌枕母娘《かつらぎおやこ》と俺《おれ》の、三人での旅行となった。

当日は朝早く歌枕《かつらぎ》家の駐車場《ちゆうしや》に集合し、三人で車に乗《の》り込《こ》んだ。

車は綾子《あやこ》さんので、運転は話し合いの末俺《おれ》が引き受けた。

高速道路を利用しつつ、南に向かって車を走らせること二時間——

俺達《おれたち》は目的地へと到着《とうちやく》した。

「んーっ！　やーっと着いた！　はぁー、疲《つか》れた疲《つか》れたっ」

ハワイアンZ《ゼット》の駐車場《ちゆうしや》。

後部座席から降りた美羽《みう》は、駐車場《ちゆうしや》に立つと大きく伸《の》びをした。

「美羽。あなたは乗ってただけでしょ」

綾子《あやこ》さんが溜息《ためいき》交じりに言いつつ、助手席から降りる。

「乗ってるだけでも疲《つか》れるの。はぁー、やっぱりこの辺りはいいよねえ。海近いから風があって、暑いけどカラッとしてるから気持ちいい」

「まったく……ごめんね、タッくん。結局、全部運転してもらって」

「全然大丈夫《だいじょうぶ》ですよ、このぐらい」

応じつつ、運転席を降りてショルダーバッグの位置を直す。大きな荷物は先ほどホテルの入り口に車をつけたとき、スタッフに預かってもらっていた。

ふと顔をあげると——抜《ぬ》けるような青空が目に入った。

天気は快晴。

太陽が燦々《さんさん》と照っているが、美羽《みう》の言う通りそこまで暑くはない。

駐車《ちゅうしゃ》場やホテルの周りには南国を思わせるヤシの木が立ち並び、それらが海からの風を受けて小さく揺《ゆ》れていた。

スパリゾートハワイアンZ《ゼット》は、プール、温泉、ホテル、ゴルフ場……なんでもござれの複合レジャー施設《しせつ》だ。

ハワイをモチーフとした、東北最大級のウォーターテーマパーク。

そこかしこにあるヤシの木や、スタッフのアロハシャツなど、施設《しせつ》内の各所に南国を思わせる工夫《くふう》が施《ほどこ》されている。

屋内の温水プールが充実《じゆうじつ》していることもあり、夏だけではなく冬にも多くの人が遊びに訪《おとず》れる。

まさに——東北のハワイ。

県内ではテレビで頻繁《ひんぱん》にCMが流れており、県民ならば誰《だれ》でもその歌が歌えるぐらいには人気のスポットだ。

県民の俺《おれ》は幼い頃《ころ》から何度も来ていて、ここ数年は年一で家族旅行で来ているが——二十歳《はたち》になった今でもテンションが上がってしまう。

まして今年は、去年までとは意味が違《ちが》う。

うちの両親が不在で、俺《おれ》と綾子《あやこ》さんと美羽《みう》の三人での旅行。

そしてなにより——俺《おれ》が『告白している』という差が大きい。

秘めていた想《おも》いを伝えている状態で、一泊《ぱく》二日の旅行。単なるご近所さんとして一緒《いつしよ》に来ていた去年までとは、大きく事情が変わってくる。

俺《おれ》にとっても、そしておそらく、彼女《かのじよ》にとっても——

「早く行こうよ、ママ、タク兄《にい》」

美羽《みう》が先に歩いていき、俺《おれ》と綾子《あやこ》さんも後に続いた。

ホテルへと入り、ロビーでチェックインを済ませる。

荷物を載せたカートを押すスタッフの人に導かれて、自分達《じぶんたち》が泊《と》まる部屋に向かった。

「わあ……すごい」

部屋を見渡《みわた》しながら、綾子《あやこ》さんは感嘆《かんたん》の声をあげた。

四角い琉球畳《りゅうきゅうだたみ》が敷《し》かれた、モダンテイストな和室。部屋の中央にはモノトーン調の長テーブルがあり、背もたれ付きの座椅子《ざいす》が備え付けてある。

「広くていい部屋ね」

「ほんとですね」

「タッくんのパパ達《たち》も来られればよかったのに」

「父さんも悔《くや》しがってましたよ。『せっかく今年は奮発して高い部屋予約したのに』って」

「なんだか申し訳ないわね。結局私達《わたしたち》が、タッくん家が予約してた部屋に泊《と》めてもらうことになっちゃって。宿泊代《しゅくはく》も半分出してもらっちゃってるし」

「気にしないでください」

当初の予定では、左沢《あてらざわ》家と歌枕《かつらぎ》家は別々の部屋を予約していた。

しかし親父《おやじ》が急な仕事でキャンセルとなり、そして綾子《あやこ》さんの計らいで俺《おれ》と歌枕母娘《かつらぎおやこ》三人が同じ部屋に泊《と》まることとなった。

となると宿泊《しゅくはく》人数が三人となるため、元々俺《おれ》と両親で泊《と》まる予定だった部屋の方がなにかと都合がよく——結果、左沢《あてらざわ》家が大人三人で予約していた部屋に、俺《おれ》と歌枕母娘《かつらぎおやこ》が泊《と》まる運びとなった。

「思い切り満喫《まんきつ》してくれた方が、うちの親も喜ぶと思います」

「そうね」

頷《うなず》きつつ、綾子《あやこ》さんは部屋を横切り、障子に手をかける。

そして勢いよく開けた。

「さすが。高い部屋だけあって景色も綺麗《きれい》だわ。海が見え——え？」

感動の声の途中《とちゅう》で、綾子《あやこ》さんは硬直《こうちょく》した。

開かれた障子の向こうには——確かに美しい景色が広がっている。

青い空と青い海。風に揺《ゆ》れる深緑の木々。

誰《だれ》もが心を弾《はず》ませるような、美しい夏の景色が広がっていた。

しかし綾子《あやこ》さんの視線は——その爽《さわ》やかな景色の手前で固定されている。

「こ、これって……」

「わーっ！　すごっ、部屋に温泉がある！」

困惑《こんわく》する綾子《あやこ》さんの横に来た美羽《みう》は、窓の外を眺《なが》めて弾《はず》んだ声を上げた。

そこにあるのは——小さな浴室だった。

竹の柵《さく》で囲まれた空間に、少々手狭《てぜま》な洗い場と、檜《ひのき》で作られた四角い浴槽《よくそう》がある。湯口から
はお湯が流れ、白い湯気があがっていた。

「なにこれ、すごいね。部屋にお風呂《ふろ》がついてるんだー。タク兄《にい》。ここっていつでも入っていいの？」

「あ、ああ」

「へー、なんか感動する。こんなの初めてだもん。私、ちょっと見てくるねっ」

美羽《みう》は嬉々《きき》として脱衣《だつい》所の方へと駆《か》けていった。

一方綾子《あやこ》さんの方は、ぎこちない様子で口を開く。

「こ、個別の露天風呂《ろてんぶろ》がついているタイプの部屋だったのね……」

「そう……ですね。いわゆる、家族風呂《ぶろ》ってやつで」

『温泉にのんびり浸《つ》かったまま酒が飲みたい』という親父《おやじ》の希望により、今年の左沢《あてらざわ》家は、少々値段高めの家族風呂《ぶろ》付きの部屋を予約していたのだった。

「……ごめんなさい。俺《おれ》、事前に言っとけばよかったですね」

「う、ううん、大丈夫《だいじょうぶ》。ちょっと驚《おどろ》いただけ。こういうところ、泊《と》まるの初めてだから」

口では大丈夫《だいじょうぶ》と言っているが、表情には強い緊張《きんちょう》と動揺《どうよう》があった。

「家族風呂《ぶろ》ってことは……家族みんなで一緒《いっしょ》に入っていいお風呂《ふろ》なのよね？」

「は、はい。家族やカップルのための、個別の貸し切り温泉みたいな感じで」

「ってことは……つまり、こ、混浴ってこと？」

「混浴というか、まあ、男女が一緒《いっしょ》に入っても問題はないですね。貸し切りなので」

「男女……」

ふと——綾子《あやこ》さんが俺《おれ》を見た。

羞恥《しゅうち》に赤らむ顔で、熱を帯びた視線を向けてくる。

俺《おれ》も反射的に見つめ返してしまい、数秒、俺達《おれたち》は見つめ合う。

「〜〜っ！」

すぐにお互《たが》い、真っ赤な顔となって勢いよく目を逸《そ》らした。

「だ、男女一緒《いっしょ》に入ってもいいってだけの話よね！　べ、別に一緒《いっしょ》に入れるからって一緒《いっしょ》に入らなきゃいけないわけじゃないし！」

「そ、そうですよ！　なんなら入らなくてもいいですからね！　ここ、他にも温泉はたくさんあるんですから！」

「そ、そうよね！　なにも無理に部屋でお風呂《ふろ》に入る必要もないわよね！」

うんうん、と勢いよく頷《うなず》く綾子《あやこ》さん。

「だ、だいたい、今日は美羽《みう》が一緒《いっしょ》なんだからタッくんと一緒《いっしょ》になんて入れるわけがないし
……え？　あっ……ちがっ、違《ちが》う違《ちが》う！　別に美羽《みう》がいなかったら一緒《いっしょ》に入るって話じゃないからね！　い、今のは言葉の綾《あや》だから！」

「だ、大丈夫《だいじょうぶ》です、わかってますから！」

激しく言い合った後、肩《かた》で息をする俺達《おれたち》。

俺は彼女に背を向けてから、深く息を吐《は》き出す。

はあ……。

こんな調子で、本当に大丈夫《だいじょうぶ》なんだろうか。

今日俺達《おれたち》は――この部屋に三人で泊《と》まる。

想《おも》いを寄せる相手と、その娘《むすめ》と、同じ部屋で一夜を過ごす。

もちろん楽しみではあるのだけれど、同じぐらい不安と緊張《きんちょう》もある。なにかよからぬアクシデントでも起こらなければいいんだけど。

そんな風に心の内で祈《いの》るが――しかし。

結論から言えば、俺《おれ》の祈《いの》りは届かなかった。

悪い予感は的中した。

俺《おれ》はこのとき、綾子《あやこ》さんにばかり気を取られていないで、もっと美羽《みう》に注意を払《はら》うべきだったのだろう。

家族風呂《ぶろ》の様子を見に行ってなかなか戻ってこない美羽《みう》が、すでにとある企《たくら》みを思いついていたことを、俺《おれ》は後から思い知ることとなる。


部屋で荷物の整理をした後、俺達《おれたち》は早速《さっそく》プールへと向かった。

更衣室《こうい》の前で別れ、俺《おれ》は一人でさっさと着替《きが》えを済ませる。

屋内プールエリアに足を踏《ふ》み入《い》れると——喧噪《けんそう》と熱気が全身を打った。

悪天候にも対応できる、ドーム型の巨大《きょだい》ウォーターパーク。

巨大《きょだい》プール、流れるプール、キッズプール……たくさんのプールと、空中にとぐろを巻くように配置された巨大《きょだい》ウォータースライダー。

水着のまま食事ができるフードコートに、フラダンスやファイヤーダンスを楽しめるステージもある。

夏休みだけあってプールエリアは多くの人でごった返していた。誰《だれ》もが夏の熱気に浮《う》かれ、水のリゾートを満喫《まんきつ》しているらしい。

俺《おれ》は更衣室《こうい》から繋《つな》がる階段を降りていき、待ち合わせ場所であるフードコートの入り口へと向かう。

そこで待つこと数分。

「うはー、やっぱり今年も人多いねー」

美羽《みう》と綾子《あやこ》さんがやってきた。

「やっほー。お待たせ、タク兄《にい》」

軽く手を上げて言う美羽《みう》は、明るい色のビキニに身を包んでいた。

無駄《むだ》な肉など一切《いっさい》ないような、引《ひ》き締《し》まったスレンダーな体。しかし出るところはきっちり出ていて、健康で健全な美を感じる。

「どうどう？　新しい水着なんだけど、似合ってる？」

「ああ、よく似合ってると思うぞ」

「……えー。なんか素直《すなお》すぎー……。もっと照れたり、顔を赤らめたりしてもらわないと、つまんないー」

「……なにを期待してんだよ？」

「はぁーあ、まあいいんだけどさ。どうせ私にはそんな軽い反応だろうとは思ってたしー。ていうか……聞いてよ、タク兄《にい》」

軽く拗《す》ねたような声で愚痴《ぐち》った後、美羽《みう》は話を変える。

横目で隣《となり》に立つ綾子《あやこ》さんを見つめながら。

「ママってば全然パーカー脱《ぬ》いでくれないの」

「み、美羽《みう》……っ」

慌《あわ》てた声を上げる綾子《あやこ》さんは——薄手《うすで》のパーカーを纏《まと》っていた。

真っ白な長袖《ながそで》のパーカー。

中には水着を着ているようで、裾《すそ》の下からは肉付きのいい太ももが覗く。

「せっかく新しい水着買ったっていうのに、最後の最後で日和《ひよ》っちゃったんだよね。情けないなあ」

「べ、別に日和《ひよ》ったわけじゃないわよ！　ただ……周り見たら、意外とパーカーとか上着を着てる人が多かったから、悪目立ちするのが嫌《いや》で空気を読んだっていうか……」

「それを日和《ひよ》ったっていうんじゃないの？　まあ……気持ちもちょっとはわかるけど」

呆《あき》れたような声で、美羽《みう》は言う。

「ママの水着……かなり際《きわ》どいからね」

「ちょっ⁉」

「私も今日までどんな水着買ったか知らなかったんだけど……いくら私と勝負してるからって、まさかここまで攻《せ》めた水着でくるとは」

「う、うう……」

「ママが自粛《じしゅく》しなかったら、私が止めてたかもしれない……。自分の母親があの格好でプール歩いてたら……ちょっといたたまれない気持ちになる」

「う、うう……ち、違《ちが》うからね、タッくん！　そこまで過激なものじゃないから！　ほんとに普通《ふつう》のもので……ちょ、ちょっと……ほんとにちょーっとだけ、大人のテイストが入ってるだけで」

呆《あき》れ顔《がお》の美羽《みう》と、言い訳を並べ立てる綾子《あやこ》さん。

俺《おれ》はというと——内心の動揺《どうよう》を必死に押《お》し殺《ころ》してるところだった。

マジか。綾子《あやこ》さん、そんなすごい水着着てるのかよ。

見たい。すげえ見たい。

でも、ここで無理強《むりじ》いなんてできないし……うわあ、どうしよ？

「まあいいや。じゃあここからは――別行動ね」

苦悩《くのう》する俺《おれ》をよそに、美羽《みう》は仕切り直すように言った。

「別行動？」

「そう。来る途中《とちゅう》にママとも軽く話し合ったんだけどさ、私ら今、タク兄《にい》を奪《うば》い合《あ》って勝負してるわけじゃん？　だったら……順番で二人きりの時間作ろうかと思って。恋愛《れんあい》系のバラエティとかでよく見る、アピールタイム的な？」

「アピールタイムって……」

またよからぬ企《たくら》みが始まったらしい。

俺《おれ》が視線を綾子《あやこ》さんの方に向けると、

「わ、私は賛成してないわよっ。でも、美羽《みう》がそうするって言って聞かないから……」

と困ったように答える。

やはり美羽《みう》の独断らしい。

「はい、決まったことにゴチャゴチャ言わないの」

窘《たしな》めるように言った後、

「とりあえず――先行は私がもらうねっ」

美羽《みう》はいきなり俺《おれ》に近づいてきて、腕《うで》を絡《から》めた。

いつぞやと同じような、恋人《こいびと》にするみたいな腕《うで》の絡《から》め方。

「さあタク兄《にい》っ、ノリの悪い保護者は置いといて、若者同士で思う存分楽しもうっ」

「お、おい……」

「あーっ。ウォータースライダー、今ちょっとすいてる！　チャーンスっ！　早く並ぼうよ、タク兄《にい》！」

ぐいぐいと手を引いて歩いて行こうとする。

「ちょ、ちょっと美羽《みう》……」

「悪いねママ、こういうのは早いモノ勝ちなんですよ」

悪戯《いたずら》めいた口調で言う美羽《みう》。

「さてさて、二人になったらどんなサービスを仕掛《しか》けちゃおっかなー？」

露骨《ろこつ》に煽《あお》るような台詞《せりふ》を吐《は》き、美羽《みう》は俺《おれ》を引っ張っていく。

一人その場に残された綾子《あやこ》さんは、焦《あせ》りと寂《さび》しさが混在したような、大変複雑な表情を浮《う》かべていた。

すいているといっても、ウォータースライダーはプールエリア一番人気のアトラクションだ。

滑り口へと向かう階段には長打の列ができている。

「……ふふふ。見た、ママのあの顔？　すごい焦《あせ》ってたよね」

列に並んでいる途中《とちゅう》、美羽《みう》は大層楽しげに言った。

「ああも反応がいいと、こっちも演じてて楽しいよね」

「……まだ続ける気なのかよ、例の作戦」

美羽《みう》が俺《おれ》を狙《ねら》っているフリをして俺《おれ》に猛《もう》アプローチを仕掛《しか》け、綾子《あやこ》さんをけしかけるという、なんとも安直な作戦。

夏休み前から始まったこの作戦は、これまでもちょくちょく実行されてきた。

朝の登校時はもちろん、家庭教師として美羽《みう》の勉強を見ているときも、やたらと俺《おれ》にスキンシップを取ってきた。

もちろん、綾子《あやこ》さんが見ている瞬間《しゅんかん》だけ。

「当然でしょ。まだまだ続けるよ」

「……なんでこんな、騙《だま》すみたいな真似《まね》を」

「騙《だま》してるんじゃないの。これは恋《こい》の駆《か》け引《ひ》きなの」

得意顔で諭《さと》すように言う。

駆《か》け引《ひ》き、ねえ……。

「きっと今頃《いまごろ》、ママは嫉妬《しっと》の炎《ほのお》をメラメラと燃やしてるはずだよ」

「……そうかなあ」

「そうに決まってるって」

断言するように言う美羽《みう》だった。

「あっ。そうそうタク兄《にい》。次のママのアピールタイムだけどさ——なんか上手《うま》いことやって、ママのパーカー、取っちゃってよ」

「……は？」

パーカーを取る？

「な、なんで俺《おれ》が……？」

「なんでって……見たくないの、ママの水着姿？」

「……み、見たくないわけじゃないけど」

「ほんとママのヘタレっぷりには参るよね。気合い入れた水着買ってきたのに、気合い入れすぎたせいで恥《は》ずかしくなって見せられないって……なんなのその本末転倒《ほんまつてんとう》？」

大仰《おおぎよう》に嘆《なげ》いた後、改めて俺《おれ》を見つめる。

「私の前じゃ、変に意地張っていつまでもパーカー脱《ぬ》がなそうだからさ。アピールタイム中にどうにか説得してみせてよ。せっかくタク兄《にい》のために新しい水着買ってきたんだから、せめてタク兄《にい》は見てあげないと」

「俺《おれ》のために……」

一当たり前でしょ。ていうか、いくらタク兄が朴念仁でも少しは察してるんじゃないの？　ママが今年になって、急に新しい水着を買ってきた意味。私への対抗意識《たいこう》……だけじゃないはずだよ」

「…………」

美羽《みう》の言う通り――少しは察していた。

そうならばいいな、と思っていた。

もしも綾子《あやこ》さんが新しい水着を買った理由に、ほんの少しでも俺《おれ》が関係しているならば――俺《おれ》のことを男として見てくれた結果なのだとすれば。

こんなにも嬉《うれ》しいことはない。

「というわけで、タク兄《にい》にはママの水着を見てあげる義務があるわけ。よろしく頼《たの》みましたよ？」

「……善処する」

「うんうん、よろしい」

そんなやり取りをしているうちに列は進んでいき、俺達《おれたち》は頂上へと辿《たど》り着《つ》いた。

スタッフの誘導《ゆうどう》に従い、浮《う》き輪《わ》の前と後ろに乗《の》り込《こ》む。

「――ねえタク兄《にい》」

前に乗った美羽《みう》が、首だけ後ろに向けて告げる。

「今回の旅行じゃ二人のために心を尽《つ》くす気ではいるけど……それはそれとして、私も私でリゾートを満喫《まんきつ》する気ではいるから、それは忘れないでね」

「……了解《りょうかい》ですよ、お姫《ひめ》様」

「うむうむ。よきにはからえ」

苦笑《くしょう》気味に頷《うなず》くと、美羽《みう》は満足そうに微笑《ほほえ》んだ。

俺達《おれたち》を乗せた浮《う》き輪《わ》は、勢いよく滑《すべ》り出《だ》す。


ウォータースライダーを終え、その後も少し二人であちこち見て回り、三十分ほどで美羽《みう》のアピールタイムは終了《しゅうりょう》した。

次は綾子《あやこ》さんの番。

「じゃあママ、せいぜい頑張《がんば》ってね。まあ、なにをやったところで私の濃厚《のうこう》なアピールタイムには敵《かな》わないと思うけどね」

そんな小物っぽい捨《す》て台詞《ぜりふ》を吐《は》いて、美羽《みう》は一人どこかに歩いていった。

「まったく、あの子ったら……」

綾子《あやこ》さんは呆《あき》れたように告げた後、俺《おれ》に軽く頭を下げる。

「ごめんね、タッくん……なんか、変なことに巻《ま》き込《こ》んじゃって」

「いえ、俺は大丈夫ですよ」

そこで綾子《あやこ》さんは、少し迷うような間を置いてから、

「それで……ど、どうだったの？」

と問うてきた。

「え？」

「だから、美羽《みう》のアピールタイムよ。タッくん的にはどうだったのかなあ、と思ったり、思わなかったり……」

「どうだったって……別に、普通《ふつう》ですよ。一緒《いっしょ》にウォータースライダー滑《すべ》って、あとはプールで軽く泳いだぐらいで……」

「……ほんとに？　なにか、過激なことされたりしなかった？」

「ないですないです。全然ないです」

「そう……」

ホッと安心したように頷《うなず》いた後、

「べ、別にどうでもいいんだけどねっ。ただちょっと気になっただけで……そ、そうっ、親として美羽《みう》が変なことしないか心配だっただけなのよっ」

と慌《あわ》てて言い訳する綾子《あやこ》さん。

「…………」

これはまさか——嫉妬《しっと》、なのか？

俺《おれ》とイチャイチャしている（演技をしている）美羽《みう》に、なにかしらの感情を揺《ゆ》さぶられているのだろうか。

美羽《みう》の安直に思えた作戦が、なにげに成功している……？　いやでも、単純に母親として娘《むすめ》が変なことしてないか心配してるって可能性もあるのか。うーむ。

「あの、綾子《あやこ》さん」

俺《おれ》は言う。

羞恥心《しゅうちしん》を押《お》し殺《ころ》しながら、意を決して。

「一応、言っておきますけど……俺《おれ》は綾子《あやこ》さん一筋ですよ」

「なっ」

「美羽《みう》がなにをしてきても、なにを仕掛《しか》けてきても、そこだけは揺《ゆ》るぎませんから」

「うう……わ、わかったから……」

顔を真っ赤にして、キョロキョロと周囲を窺《うかが》う綾子《あやこ》さん。

「もうっ……こんな人前でなに言ってるのよっ」

「す、すみません」

「そういうことは二人きりのときに……え？　あっ、ち、違《ちが》うわよっ！　私に言ってほしいって意味じゃなくてね！　そういう愛の言葉を囁《ささや》くのは二人きりのときがいいって一般《いっぱん》論を言っただけで……」

「は、はい、わかってます」

大騒《おおさわ》ぎとなる俺達《おれたち》だった。

周囲は喧噪《けんそう》に溢《あふ》れていたが、二人の間にだけなんだか不思議な空気が流れる。気まずいんだけど、心地《ここち》いいような、少し矛盾《むじゅん》した空気——

「えっと……じゃあ綾子《あやこ》さん、とりあえず二人で適当に回りましょうか？」

「そ、そうね」

「ウォータースライダー、綾子《あやこ》さんも乗ってみます」

「……え、遠慮《えんりょ》しとくわ。実はこういうの……ちょっと苦手なの。ウォータースライダーって、コーナーですごく怖《こわ》くて。飛び出しちゃったらどうしようって考えちゃって……」

「じゃ、じゃあやめましょう。無理に乗る必要なんて一切《いっさい》ないんで。えっと、それなら……」

頭を働かせてプランを考える。

美羽《みう》曰《いわ》く綾子《あやこ》さんのアピールタイムらしいが、こっちからしてみればむしろこの瞬間《しゅんかん》は俺《おれ》のアピールタイムでもある。

どうにか綾子《あやこ》さんを楽しませてあげたいと思うけど……あっ。

そういえば、パーカーのことも美羽《みう》に頼《たの》まれてたんだっけ。

でも脱《ぬ》がせると言っても、どうしたら……？

一番簡単なのは『水をかける』とかだろうけど、このパーカー、どうも水遊び用っぽいんだよな。素材的に濡《ぬ》れても問題なくて、そのまま水に入って遊べるタイプのパーカー。

少々水に濡《ぬ》れたところで脱《ぬ》ぐとは限らないし……なにより、綾子《あやこ》さんをわざと濡《ぬ》らすような失礼な真似《まね》はしたくない。

ならば——いっそ素直《すなお》に言うか？

水着が見たいので見せてください、と。

……それが言えたら苦労しないなあ。

一人考え込《かんがこ》む俺《おれ》に、綾子《あやこ》さんが言う。

不安と緊張《きんちょう》に揺《ゆ》れる目で、しかしどこか決意を秘めた目で。

「——ね、ねえ、タッくん」

「ちょっと一緒《いっしょ》に来てもらっていい？」

「え……いいですけど、どこにですか？」

「えっと……実は——」

続く言葉で、俺《おれ》は思い知る。

綾子《あやこ》さんは決して、美羽《みう》の言うようなヘタレではなかった。

俺《おれ》や美羽《みう》がなにかをするまでもなく、パーカーを脱《ぬ》がずにいることについては、自分なりに悩《なや》み、そして決断していたのだった。

「──タッくんに水着を見てもらいたくて」

♥

今だ、と思った。

二人きりになれるアピールタイムが、チャンスだと思った。

だって──美羽《みう》の隣《となり》でパーカーを脱《ぬ》ぐのは……なんか嫌《いや》だったから。

からかわれたせいで意地になっている部分もあるんだけど……なにより、若くて細い体の横で脱《ぬ》ぐのが切実に嫌《いや》だった。

なにあの子⁉

モデルみたいな体してるんだけど⁉

あんな完璧《かんぺき》なスタイルの横で水着になる勇気は……私にはない。

でも──せっかく買った水着をこのままパーカーで隠《かく》しておくのはダメな気がした。悲しいし虚《むな》しいし、絶対に後悔《こうかい》すると思った。

だからどこかのタイミングで勇気を振《ふ》り絞《しぼ》ろうと決めていて──そして今が、そのタイミングだった。

「……うん。ここなら大丈夫《だいじょうぶ》そうね」

ロッカーに囲まれたスペースで、確認《かくにん》するように私は言った。

人でごった返しているプールエリアでも、全ての場所が人で埋《う》まっているわけではない。人気のない場所も、わずかながら存在している。

たとえば――プールエリアの隅《すみ》っこの方にあるロッカールーム。

プールで遊びたい人が貴重品をしまっておくための場所で、昼食前や夕方などには混むが、時間帯によってはほとんど人は通らない。

「今の時間ならあんまり人も来ないはず……うん、いける」

「……あの、綾子《あやこ》さん、そんなに恥《は》ずかしいなら、無理して脱《ぬ》がなくても……」

「む、無理してるわけじゃないわよ」

言いつつ、私はパーカーの裾《すそ》を摑《つか》む。

「最初は私も……こんなの着ないで水着で歩くつもりだったの。でも……やっぱり人が多いからどうしても躊躇《ちゅうちょ》しちゃって……それに」

「それに？」

「……み、美羽《みう》が言ってたように……結構際《きわ》どいデザインだから……土壇場《どたんば》で急に恥《は》ずかしくなってきちゃって」

「そ、そうですか……」

気まずそうな顔となるタッくんだった。

「だからね、その……わ、私の水着、タッくんにだけ見てもらおうと思って」

「え……」

「へ、変な意味じゃなくてね！　他の人に見せる前に、タッくんに……なんていうか、事前審《しん》査《さ》をしてもらおうと思って！」

「……事前、審査《しんさ》？」

「人前に出ていいかどうかの、事前審査《しんさ》。美羽《みう》は真面目に答えてくれないし……だからタッくんに、この水着がアリかナシかを判断してほしいって意味で……」

ああ、なにをやってるんだろう、私は？

事前審査《しんさ》とか……自分で言ってて意味がわからない。

いくら人前で脱《ぬ》ぐのが恥《は》ずかしいからって、こんな人気のないところにタッくんを連《つ》れ込《こ》んで、こっそり見てもらおう、なんて。

もしかして……普《ふ》通《つう》に水着になるよりかえって恥《は》ずかしいことしてない!?

ああ、違《ちが》う違《ちが》う、他意はない、他意はないの！　タッくんなら誠実に答えてくれそうだから頼《たの》んでるだけで……別に、彼《かれ》にだけ見せたかったわけじゃ——

「わ、わかりました。そういうことなら」

恥《は》ずかしそうにしながらも、真面目な顔で言うタッくん。

「俺《おれ》でよければ、拝見させていただきます」

「あ、ありがとう。でも、そんなかしこまらなくていいから……」

軽いノリでお願いしたい。真剣《しんけん》になればなるほど……なにをやってるんだ私は、と自己嫌悪《けんお》してしまいそうだから。

私は一度深呼吸してから、

「い、いくわよっ」

覚悟《かくご》を決め、パーカーの金具に手をかける。

一度躊躇《ためら》ったら絶対に無理だと思ったから、一気にスライダーを降ろして、そのままの勢いでパーカーを脱《ぬ》いだ。

「――っ」

タッくんは目を見開き、息を呑《の》んだ。でも、目を逸《そ》らすことはない。当たり前だ。私から見てと頼《たの》んでいるんだから。

私の水着は――黒のビキニ。

布面積……かなり少なめ。体を縦横に走る黒い紐が、肌の白さと肉感を際立たせるアクセントになっている。

さすがはハイブランドというべきか、すごく大人っぽくてセクシーな水着。

今回のプールには、美羽《みう》との勝負、という側面もあった。

若さで勝負したら……当たり前だけど、絶対に美羽《みう》には敵《かな》わない。

あの子の若く健康的な水着姿に正面から挑《いど》むのは愚《ぐ》の骨頂。だから私は、別の路線で攻《せ》めようと考えた。

その答えが——大人っぽさだ。

十代の女子には着こなせない水着を着て、大人の女性ならではの美しさを魅《み》せる作戦。

露出《ろしゅつ》はかなり多目なのだけれど、決して下品にはなっていない……と思う。

ど、どうなのかなぁ……。トルソーが着てる分にはすごくセクシーで上品に見えたんだけど、私が着たせいで下品に見えてしまったらどうしよう……。

「ど、どうかしら？」

「……すごく綺麗《きれい》です」

タッくんはとても恥《は》ずかしそうに、でもしっかりストレートに褒《ほ》めてきた。

あまりに直接的な褒《ほ》め言葉で、私は体温が一気に上がるのを感じた。

「ほ、ほんとに？」

「本当です。綺麗《きれい》で、魅力《みりょく》的すぎて……一生、見ていたいというか」

「……っ。や、やだもうっ。褒《ほ》めすぎだから……ていうか、み、見すぎよ！　そんなに熱心には見ないでっ！」

「あっ……す、すみません、つい」

「ついって。もう……」

心臓が一気に高鳴り、熱でも出たみたいに頭がボーッとしてくる。嬉しいのか恥《は》ずかしいのか、自分でもよくわからない。

「私なんて……全然、大したことないでしょ……？　お腹《なか》だって……その、今日のためにちょっとは頑張《がんば》ったのよ？　でも、あんまり落ちなくて……」

「気にしすぎですよ。そのぐらいなら太ってるうちに入りませんって」

「……でも、美羽《みう》と比べたら」

「美羽《みう》と比べる必要はないですよ。綾子《あやこ》さんは綾子《あやこ》さんで……すごく素敵《すてき》な魅力《みりょく》で溢《あふ》れてますから」

「タッくん……」

「……でも——あっ、いや、なんでもありません」

「え？　え？　な、なに!?　気になるから言ってよ！」

「その……なんていうのか」

大変言いにくそうに、タッくんは言う。

「際《きわ》どいっては聞いてたんで、心の準備はしてたんですけど……思ってたより数倍際《きわ》どいなあ、と」

「……っ」

「な、なんていうのか……いくらなんでも、エッチすぎないですか？」

「～～っ⁉　ち、違《ちが》うの！　これには事情があるの！」

堪《たま》らず反論する私。

「この水着、狼森《おいのもり》さんと一緒《いっしょ》に買いに行ったんだけど……最初に、狼森《おいのもり》さんの悪ふざけで、とんでもなく卑猥《ひわい》な水着を試着させられてね。一度それを着ちゃったせいで、ちょっと貞操観《ていそう》念が麻痺《まひ》しちゃったっていうか……」

あの『V』が悪夢の始まりだった。

最初にあの変態水着に目を慣らされたせいで、後からどんな際《きわ》どい水着を提案されても『まあ、あの「V」よりはマシかな』と思うようになってしまった。

結果、私も狼森《おいのもり》さんもどんどん過激になっていき、元々私も大人っぽい水着が欲《ほ》しかったというのも手伝って……そこそこ過激なこの水着を買うこととなってしまったのだ。

「だから、ね……この水着は正常な判断力を失った状態で買わされたもので、つまりは劇場型の詐欺《さぎ》に遭《あ》ったのと同じで――」

「と、とんでもなく卑猥《ひわい》な水着を試着……」

「どこに食いついてるの⁉」

「それ……写真に残ってたりは？」

「残ってないわよ！　残ってても絶対見せない！」

「……そうですか」

露骨に残念そうな顔となってしまう。

そ、そんなに見たかったのかしら、私の卑猥《ひわい》な水着……？　だったらちょっとぐらい……いやっ、ダメダメ！　あの『V』だけは絶対ダメ！

あんなのもう二度と着ないんだから！

「ま、まったく……タッくんって、たまにすごくエッチなときがあるわよね」

「……否定はできないですけど、でも、綾子《あやこ》さんが悪いんじゃないですか。いつもいつも、無自覚に俺《おれ》のこと惑《まど》わそうとしてきて」

「え……ま、惑《まど》わそうなんてしてないわよ！」

「だって、そんな際どくて過激な水着を着てきて……」

「だからこれは不可抗力《ふかこうりょく》で買ってしまっただけで……そ、そもそもそんなに過激じゃないわよ！　ちゃんとしたブランドの水着で、女性をより美しく見せるために計算されたフォルムをしてて……その結果、ちょっと露出《ろしゅつ》が多くなってるだけだから。これをエッチな水着だと思うのは、そっちがそういう目で見てるからで……」

「それはわかってますけど……」

でも、とタッくんは続ける。

恥《は》ずかしそうに、しかし少し拗《す》ねたような声で。

「しょうがないじゃないですか。好きな女性がそんな刺激《しげき》的な格好してたら……そりゃ、そういう目で見ちゃいますよ」

「す、好きなって……う、うう」

ストレートな愛情表現と、『そういう目』で見ている宣言。純愛と情欲の両方を真正面から
ぶつけられたような気がして、私はもう黙《だま》るしかなかった。

しばし気まずい沈黙《ちんもく》があった後、

「……すみません」

と言って、タッくんは私が持っていたパーカーを手に取った。

そして──ファサ、と。

パーカーを肩《かた》からかけて、私の水着姿を隠《かく》すようにした。

「え……」

「俺《おれ》に、審査《しんさ》してほしいって言ってましたよね？　人前に出ていいかどうか……アリかナシか
判断してほしいって」

「う、うん」

「じゃあ……決めました──その水着は、ナシです」

タッくんは言った。

「パーカー、着てた方がいいと思います」

「……」

ちくり、と胸が痛んだ。

「……あ、あはは。そ、そうよね」

動揺《どうよう》を悟《さと》られぬように笑って誤魔化《ごまか》す。

ショックを受けている自分が、なにかを期待してたみたいで恥《は》ずかしい。

こんなこと、わかりきってたはずなのに。

「私みたいなおばさんがこんな水着を着ても、頑張《がんば》っちゃってる感が痛々しいだけよね。一緒《いっしょ》にいる美羽《みう》やタッくんまで恥《は》ずかしい思いをしちゃうだろうし。ありがとうタッくん、はっきりと言ってくれて……」

「え……いやっ、違《ちが》います！　そうじゃなくて」

今にも溢《あふ》れそうになる涙《なみだ》を必死に抑《おさ》え、どうにか平静を装《よそお》う私に、タッくんは慌《あわ》てた様子で言ってくる。

「綾子《あやこ》さんがどうって話じゃなくて……全部、俺《おれ》の問題で」

「タッくんの問題？」

「その、なんつーか……い、嫌《いや》なんですよ。他の男に、綾子《あやこ》さんの今の姿を見られることが」

「…………」

「その水着はすごく素敵《すてき》なんですけど……やっぱり肌《はだ》の露出《ろしゅつ》が多いから、変な目で見てくる男が出てきそうで」

「…………」

「ごめんなさい、彼氏《かれし》でもないくせにすげえわがままなこと言ってるとは思うんですけど……でも嫌《いや》なんです。その辺歩いている男に、綾子《あやこ》さんの肌《はだ》をジロジロ見られることが、我慢《がまん》できなくて」

「…………」

え？　え、えええええ⁉

ナシって……そういう意味で⁉

そういう意味で、パーカー着てろって意味⁉

まるで彼氏《かれし》が彼女《かのじょ》の短すぎるスカートを注意するような、そういう意味で⁉

完全に予想外。

まさか、タッくんがそんなことを言うなんて。

言ってしまえばそれは、独占欲《どくせんよく》に塗《まみ》れた、ある種の嫉妬《しっと》なんだろう。

客観的に判断すれば——彼氏《かれし》でもない男からこんなことを言われたのなら、不快に思う女性もいるのかもしれない。たとえ彼氏《かれし》からの発言だったとしても、ファッションに口出しされることを嫌《きら》う女性もいるのかもしれない。

でも。

私は——不快さなど一切《いっさい》感じていなかった。

それどころか……なんとも言えない気恥《きは》ずかしさと幸福感が胸を満たしていき、心臓の音が高鳴っていく。

全力で愛を訴《うった》え、私を独《ひと》り占《じ》めしたいと言ってくる男の子が……愛おしくて愛おしくてたまらなくなってしまった。

「ふ、ふーん。そうなんだ」

にやけそうになる口元を必死に抑《おさ》えつつ、私は言う。

「ふふっ。タッくんって意外と独占《どくせん》欲強いタイプだったのね」

「……そうらしいですね。自分でも驚《おどろ》いてます」

「まったく……。タッくんがエッチなことばかり考えてるから、そんな心配しちゃうんじゃないの？　他の男の人は、たぶん私のことなんて見てないわよ」

「綾子《あやこ》さんは自分の魅力《みりょく》に無自覚すぎるんですよ……。自分がどれだけ男を狂《くる》わせる肉体をしているのか、全然わかってない」

「な……や、やめてよ、人を魔性《ましょう》の女みたいに……もう」

一つ息を吐《は》いた後、私は肩《かた》にかけてもらったパーカーに袖《そで》を通した。

「……うん、わかった。今日はこれ、着ておくわね」

スライダーをあげ、ファスナーを一番上まで引き上げる。

「すみません……」

「ううん、いいのよ。確かにタッくんの言う通り……ちょっと肌《はだ》を出しすぎだったわよね。こんなの着て歩いちゃ……お母さん失格よ」

苦笑《くしょう》しつつ、私は言う。

「この前のデートとは違《ちが》って、今日は美羽《みう》もいる。今日は母親として、保護者として来てるんだから、それなりに自重しないとね。だから大丈夫《だいじょうぶ》。それに……」

もう十分だから。

と私は言った。

自然と言葉が、口を突《つ》いて出てしまった。

「十分……？」

「え……？　あっ、な、なんでもないなんでもないっ！　あはは」

慌《あわ》てて笑って誤魔化《ごまか》す。

だって、言えるわけがないじゃない。

一番見せたかった人には見てもらえたから、もう十分、だなんて。

ロッカールームから出た後は、二人で適当にあちこち見て回り私のアピールタイムは終了《しゅうりょう》。

美羽《みう》と決めていた待ち合わせ場所で合流する。

「ふーむ。順番にアピールタイムを用意してみたはいいけど……いざやってみると、いちいち別行動って面倒《めんどう》だし……つまんないかもね。せっかく旅行に来てるのに時間がもったいない」

「……最初からわかりきってたことを今更《いまさら》言うなよ」

突《つ》っ込《こ》むタックんだった。

「あはは。じゃあやっぱりこれからは三人で行動しよっか」

あっけらかんと笑って言う。

その後は美羽《みう》の希望で、三人で流れるプールへと向かうこととなった。

移動の途中《とちゅう》、

「……ふーん」

美羽《みう》はスッと私の方に近づいてきて、なにか言いたげな反応をしながら、私の体をじっくりと見回した。

「な、なによ？」

「二人きりになってもパーカー脱《ぬ》がなかったんだね」

「……当たり前でしょ。今日は脱《ぬ》がないって決めてるの」

「とか言って、実はこっそりタク兄《にい》にだけは見せてたりして」

「そ、そんなことするわけないでしょ！　ないない！　絶対にない！　人気のないロッカールームでこっそりと見せたりなんかしてないから！」

「ふぅん。その割には――ファスナー、一番上まで締まってるね」

「――っ⁉」

「さっきは鎖骨《さこつ》ぐらいまで開いてたのに。まるで、一回脱《ぬ》いでから改めて着直したみたい」

「そ、それは……」

推理はかなり強引《ごういん》で、誤魔化《ごまか》そうと思えばいくらでも誤魔化《ごまか》せたと思う。

でも思い切り動揺《どうよう》してしまった私は、まともな反論もできずに黙《だま》ることしかできなかった。

「ふふん、やーっぱりね」

美羽《みう》はとても得意そうな、小馬鹿にしたような笑《え》みを浮《う》かべる。

「隠《かく》れてこっそり見せるとは……なかなか攻《せ》めたことをしてくれますなあ。それでこそ我《わ》がライバルだ」

「……誰《だれ》がライバルよ」

娘《むすめ》になにもかもを見透《みす》かされ、私は小さくなって歩くしかなかった。

第四章
夜空と混浴

♠

　プールエリアと、水着で入れる温泉エリアを三人で満喫《まんきつ》した後、俺達《おれたち》は一旦《いったん》部屋に戻《もど》り、浴衣っぽい館内着に着替《きが》えた。

　ゲームセンターやフラダンスのショーなどを楽しんでいるうちに夕食の時間がやってきた。

　ディナー料金は宿泊《しゅくはく》プランに入っていて、時間も場所も決まっている。指定されたレストランにて、滅多《めった》に食べられないホテルの料理を楽しんだ。

「ふう、食べた食べた。もうお腹《なか》いっぱい」

　部屋へと戻《もど》る途中、美羽《みう》は満足そうに言った。

「バイキングってつい食べすぎちゃうよねー。ママはあんまり食べてなかったけど、どっか調子でも悪いの？」

「ちゃんとお腹《なか》いっぱい食べたわよ」

「ほんとに？　せっかくのバイキングなのに、デザートのケーキも一個しか食べてなかったみたいだけど」

「……美羽《みう》。あなたもいずれわかるわ。人は大人になっていくとね……だんだんとバイキングでそこまでテンションが上がらなくなっていくの……美味《おい》しい料理が食べ放題って言われても、

『太りそうだな』『明日まで残りそうだな』という懸念が常にあってね……そしてやがて
『美味《おい》しいものを適量で食べるのが一番の幸せ』という悟《さと》りの境地に至るのよ……」

　切実な顔で言う綾子《あやこ》さんだった。

　そんな彼女《かのじょ》の苦悩《くのう》は無視して、

「これからどうするー？」

　と美羽《みう》は話を変えた。

「やっぱり温泉かな？」

「そうだな」

　ハワイアンZ《ゼット》には、温泉エリアは二つある。

　一つはさっきまで入っていた、水着で男女一緒《いっしょ》に入れる温泉。

　そしてもう一つは、男女別に裸《はだか》で入る普通《ふつう》の温泉。

　前者は半分プールのような感じで、後者は本格的な温泉。

　せっかく宿泊《しゅくはく》するのなら、どっちも楽しんでおきたいところだ。

「そうね、私も温泉がいいと思うわ。ちょっとゆっくり浸《つ》かって休みたいし」

　綾子《あやこ》さんも同意し、

「おっけーっ、温泉で決定ね」

　美羽《みう》は満足そうに頷《うなず》いた。

部屋に戻《もど》った後は、それぞれ温泉に入るための準備を進める。

「タク兄《にい》、準備終わったなら先に行っていいよ」

男の俺《おれ》がちゃっちゃと着替《きが》えとタオルを用意して手持《ても》ち無沙汰《ぶさた》にしていると、美羽《みう》が自分のトランクを漁《あさ》りながら言った。

「待ってるよ。そんな急いでもないし」

「いやそうじゃなくて……はあ。デリカシーがないなあ。女はね、いろいろ準備があるの。男には見られたくないものもあるの。ねえママ？」

「へっ？　えっと……ま、まあ、そうね。ちょっとはあるわね」

「今日は男女が同じ部屋で泊《と》まるんだから、そういうところに気を遣《つか》ってもらわないと」

「……わ、わかったよ」

確かにデリカシーがなかったな。そりゃ俺《おれ》がいたら準備も進まないだろう。温泉に入るなら下着とかいろいろあるわけだし。

温泉から出たら部屋に集合というざっくりとした予定を立ててから、俺《おれ》は部屋を後にした。

一人のんびり、温泉のエリアへと向かう。

「……ふう」

息を吐《は》く。この旅行に来てから、やっと訪《おとず》れた一人の時間だ。

別にしんどいわけでも辛《つら》いわけでもないし、むしろ楽しくて仕方がないぐらいなんだけど……やはりどうしても緊張し、気を張ってしまう部分はある。

綾子《あやこ》さんと常に一緒《いっしょ》というだけで、嬉《うれ》しいやら恥《は》ずかしいやらで身構えてしまう部分もあるし――それに。

「……どうしたもんかな、美羽《みう》のことは」

聡也《さとや》は言っていた。

美羽《みう》は賢《かしこ》いからそこまで心配する必要はない。

なにを企《たくら》んでいようと俺《おれ》がデカい器《うつわ》で受け止めろ、と。

一応俺《おれ》は、そのアドバイス通りに行動しているつもりだった。

よく言えば静観。

悪く言えば――傍観《ぼうかん》。

俺《おれ》と綾子《あやこ》さんをくっつけようとする美羽《みう》の企《たくら》みに、流されるように乗っかっているだけ。今のところ大した問題は起きていないし……まあ、ちょっといい感じになったりした部分もあるので、感謝してないわけでもないけど――でも。

このままでいいのか、とも思う。

美羽《みう》の真意がどこにあるのか、イマイチ測りかねる部分がある。

「……んー」

そんな風にウダウダ考えていると、温泉エリアに到着《とうちゃく》した。まあいい。今はとりあえず温泉に入り、のんびり休むとしよう。

脱衣場《だつい》への暖簾《のれん》をくぐろうとしたところで――

スマホに着信があった。

相手は――美羽《みう》だった。

『あっ、もしもしタク兄《にい》？』

「どうした？」

『もうお風呂《ふろ》入っちゃった？』

「まだだけど」

『よかった、間に合った！　あのさ、タク兄《にい》って、ここの温泉にこだわりある？　どうしても入りたい、絶対に入りたいっていう、こだわり？』

「なんだ急に……？　こだわりは……別にないけど」

ここの温泉自体は好きだけど、去年も一昨年もその前も、毎年旅行で来たら必ず入っているので、そこまでの執着《しゅうちゃく》はない。

『じゃあさ、やっぱり普通《ふつう》の温泉じゃなくて――家族風呂《ぶろ》入らない？』

「……は？」

『だってせっかくこんな高い部屋に泊《と》まれたんだからさ。入らなきゃもったいないでしょ。今、私達《わたしたち》も温泉エリアに向かってたところなんだけど、ママとそんな話になってさ』

「…………」

『あっ。もちろん男女は別でね。私はママと入るけど、タク兄《にい》は一人で入ること。混浴じゃないから、勘違《かんちが》いしないでよ』

「わかってるよ。当たり前だろ」

毅然《きぜん》と言う。

本当はほんの一瞬《いっしゅん》、三人で入るのかと勘違《かんちが》いしてしまったけど。

『それでね、お願いがあるんだけど……タク兄《にい》、先に一回入ってくれない？』

「俺《おれ》が先に？」

『ほら、部屋の家族風呂《ぶろ》……景色はいいんだけど、その分、外から見えそうで怖《こわ》いじゃん』

「……柵《さく》はあったし、さすがにその辺はホテル側も気を遣《つか》ってるから大丈夫《だいじょうぶ》だろ」

『万が一ってことがあるでしょ。タク兄《にい》、私の裸《はだか》、誰《だれ》かに見られてもいいの？』

「それは……まあ、困るけど」

『ママの裸《はだか》だって見られちゃうかもしれないんだよ』

「なんだと!?　よし、わかった！　俺《おれ》に任せろ。先に入って入念にチェックしてきてやる！」

『……反応に差がありすぎない？』

ドン引きした様子の美羽《みう》だった。

軽い冗談のつもりだったんだけど、本気と捉えられてしまったらしい。

『と、とにかくお願いね。早く入りたいから、なる早ナルポッシブルで』

「なんだその初めて聞く単語？」

まあ言わんとすることはわかるけど。

そんなスマホでのやり取りを経て、俺《おれ》はなる早で、アズ・スーン・アズ・ポッシブルで部屋へとUターンする。

部屋に戻《もど》ると、中には誰《だれ》もいなかった。

綾子《あやこ》さん達《たち》はまだ帰ってきていないらしい。

ふむ。だったら……とっとと入って、やることやっておくか。

脱衣《だつい》所に入って服を脱《ぬ》ぎ、タオル一枚を手に家族風呂《ぶろ》へ。

「おお」

外に出ると、涼《すず》しげな夜風が体を通《とお》り抜《ぬ》けていった。

顔を上げれば——満天の星が目に入る。

柵《さく》の向こうには夜の海が見え、なんとも言えない風情《ふぜい》を感じた。

「入って正解だったかもな」

この景色や空間を独《ひと》り占《じ》めできるとは、なんとも贅沢《ぜいたく》な話だ。

これぞ貸し切り風呂《ぶろ》の醍醐味《だいごみ》といったところだろう。

「……ああ、そうだ。チェックしないと」

周囲を囲う竹の柵に近づき、しっかりと確認する。

ふむ……大丈夫《だいじょうぶ》そうだな。隙間《すきま》もないし、ちゃんと高さもある。必要以上に柵《さく》に近づかなければ、下から見えることはまずないだろう。

「ったく、美羽《みう》の奴《やつ》、変なところで神経質だな」

柵《さく》のチェックを終えた後、俺《おれ》は体を軽く流して檜《ひのき》の浴槽《よくそう》に入った。

肩《かた》まで浸《つ》かると「ああ……」と声が出てしまう。

いい。温泉、やっぱりいい。

そこまで広いわけではないが、一人なら十分、足を伸《の》ばしてくつろげる。

夜空も景色も独《ひと》り占《じ》めして堪能《たんのう》できる、貸し切りの家族風呂《ぶろ》。

ここで酒を飲みたいと言っていた親父《おやじ》の気持ちも、よくわかる。

極楽《ごくらく》、極楽《ごくらく》——

「…………」

——と思う反面、どこかもの寂《さび》しい気持ちも生まれた。

誰《だれ》に気兼《きが》ねなく一人で温泉を満喫《まんきつ》できるのも悪くはないが——誰《だれ》か近しい相手と一緒《いっしょ》に入ったなら、それはそれで大層楽しく幸せだと思う。

家族とか、あるいは——恋人《こいびと》とか。

「あー……」

いつか綾子《あやこ》さんと一緒《いっしょ》に、こういう貸し切り風呂《ぶろ》に入りたいなあ。

その夢が叶《かな》うならもう死んでもいいなあ。

とか。

湯船に浸《つ》かって妄想《もうそう》を逞《たくま》しくしていた、その瞬間《しゅんかん》だった。

俺《おれ》にとんでもないハプニングが——あるいは、命と引《ひ》き換《か》えに手にしたのではと思うぐらいの幸運が訪《おとず》れた。

「——わー、すごい。星が綺《き》麗《れい》ねー」

声が。

よく知っている声が、ドアが開く音と共に背後から響《ひび》いた。

反射的に振《ふ》り返《かえ》り——息を呑《の》む。

湯気の向こうに見えたのは——綾子《あやこ》さん、だった。

その格好は……当然というべきか、裸《はだか》だった。

片手に持った白いタオルを、体の前面に軽く垂らしただけ。胸と股間《こかん》は隠《かく》れているけれど、でも本当にそこだけだ。

秘部がかろうじて隠《かく》れているだけ。

色白で艶《つや》やかな肌《はだ》。髪《かみ》を高い位置でまとめたことで強調される首筋。肩《かた》から胸、胸から腰《こし》、そして臀部《でんぶ》から太もも……優美な曲線を描《えが》く体のラインは、全てがはっきりと見えていた。

おまけにタオルが細いせいで、豊満すぎる乳房《ちぶさ》はまるで隠《かく》しきれていない。柔肉《やわにく》の大部分がはみ出している。

薄《うす》布一枚しか纏《まと》わぬ、成熟した女の肢体《したい》。

あまりにも悩《なや》ましく官能的な光景を前に、俺《おれ》は言葉を失って見とれることしかできなかった。

雄《おす》としての本能が、濃厚《のうこう》な色香を放つ女体《にょたい》から目を逸《そ》らすことを許さない。

「ねえ美羽《みう》、湯加減はどう？」

躊躇《ちゅうちょ》なく風呂《ふろ》場に足を踏《ふ》み入《い》れ、石畳《いしだたみ》風の床を歩いてくる。

重たげな乳房《ちぶさ》はわずかな動きでもゆさゆさと大きく揺《ゆ》れる。秘部を隠《かく》すタオルは夜風にひらひらと揺れて、今にもめくれてしまいそうだった。

「美羽《みう》……？　ちょっと聞いてるの？　み——え？」

返事がないのを疑問に思ったのか、視線を星空から湯船に移した瞬間《しゅんかん》、彼女《かのじょ》は完全に硬直《こうちょく》してしまう。

見とれたまま固まっている俺《おれ》と、がっつり目が合ってしまう。

「タ、タッくん……？」

「綾子《あやこ》……さん……」

数秒、時が止まったように見つめ合うが、

「……きゃぁあああっ！」

綾子さんは悲鳴を上げてその場にしゃがみ込み、俺も慌てて視線を逸らした。

「なん、で……どど、どうして？」

「ご、ごめんなさいっ！　ほんとごめんなさい！」

「え？　え？　なんでタッくんがお風呂《ふろ》に入ってるの？　美羽《みう》は……美羽《みう》はどこにいるの？」

「み、美羽《みう》？　あいつは、ここにはいませんけど」

「……う、嘘《うそ》でしょぉ……」

混乱と羞恥《しゅうち》が滲《にじ》む声で綾子《あやこ》さんは訥々《とつとつ》と語る。

「美羽《みう》が言ったのよ、『やっぱり家族風呂《ぶろ》に入りたい』って。温泉向かってる途中《とちゅう》で一人で引き返して『先に入ってる』って言ってたから……私はてっきり、あの子が入ってると思って……それなのに、どうしてタッくんが？」

「……お、俺《おれ》も、美羽《みう》に言われたんです。家族風呂《ぶろ》入りたいけど、外から見られるのが心配だから、先に入って様子を見てきてほしいって」

「そんな……。タッくんも……？」

やっぱり——美羽《みう》の仕業だったのか。

まだ細かいところはわからないけれど、あいつがコソコソと仕組んだことに間違《まちが》いはないらしい。

美羽《みう》の奴《やつ》……なに考えてんだ？

いくらなんでもやりすぎだろ。

俺《おれ》と綾子《あやこ》さんを、風呂《ふろ》で鉢合《はちあ》わせさせるなんて。

「……すみません、綾子《あやこ》さん」

「あ、謝《あやま》らなくていいわよ。タッくんのせいじゃないんだから」

「いやでも……結構、じっくり見ちゃったので」

「〜っ！　も、もうっ、正直すぎっ！　こういうときは嘘《うそ》でも見てないって言うの！」

「す、すみません……あの、俺《おれ》、今すぐあがりますからっ」

これ以上俺《おれ》がこの場にいたら綾子《あやこ》さんがかわいそうだ。

タオルを手に取り、どうにか股間《こかん》を隠《かく》して急ぎ浴槽《よくそう》から出ようとするが――

「ま、待ってっ！」

湯船から立ち上がる直前で、綾子《あやこ》さんが声をあげた。

「……だ、大丈夫《だいじょうぶ》よ。タッくんはなにも悪いことしてないんだから、出てく必要なんてないわ。悪いのは……全部美羽《みう》なんだから」

緊張《きんちょう》に震《ふる》える声で言いながら、彼女《かのじょ》はゆっくりと立ち上がる。

「さっきはごめんね、驚《おどろ》いて悲鳴あげちゃって」

「……いえ、そんな」

「ねえ、タッくん――

綾子さんは言う。

「ここって……家族風呂《ぶろ》なのよね？」

冷静で落ち着いた声でしゃべろうとしているようだけれど、無理をしているのは明らかだった。声は震《ふる》えたままだし、顔も信じられないぐらいに赤くなっている。

それでも、彼女《かのじょ》は言う。

ほとんど裸《はだか》みたいな格好で、まっすぐ俺《おれ》を見つめながら。

「お部屋ごとに貸し切りで、男女で入っても問題ないっていうお風呂《ふろ》」

「あ、綾子《あやこ》さん……？」

「だから、ね……。もしもタッくんさえ、タッくんさえよかったら——」

たどたどしい口調で、しかし覚悟《かくご》を感じさせる声で。

綾子《あやこ》さんは、信じられないことを言った。

「——一緒《いっしょ》にお風呂《ふろ》入ってもいい？」

♥

自分でも、なんでこんな大胆《だいたん》な行動に出てしまったのかわからない。

突然《とつぜん》のことでパニックになってしまったというのもあるし、なにも悪いことしてないタッくんを追い出すようなことはしたくなかったというのもあるけれど。

でも一番は——意地、だった。

母親としての、娘《むすめ》に対する意地。

このハプニングが、全部美羽《みう》の差し金だったということはわかっている。

まったく……あの子は、どこまでもお母さんをおちょくってきて……！

ここで慌《あわ》てて私やタッくんのどちらかがお風呂《ふろ》から飛び出せば、あの子はきっとにやにやと笑うんだろう。悪巧《わるだく》みが成功したことを大いに喜ぶんだろう。そんな展開を予想しているに違《ちが》いない。

ふんっ！

そうはいくもんですか！

期待通りのリアクションなんて、絶対してやるもんですか！

タッくんと風呂《ふろ》で鉢合《はちあ》わせするという、恥《は》ずかしすぎるハプニング——こんなもの、平然とスルーしてやる！

大人の女性らしい落ち着きと包容力を、今こそ見せつけるとき！

仲のいい男の子とお風呂《ふろ》場で鉢合《はちあ》わせたぐらいじゃ、いちいちパニックにならない。慌《あわ》てず焦《あせ》らず、そして相手を傷つけないように——サラッと混浴してしまう。

それが大人の対応というもの。

お風呂から出て美羽と会ったら、「ああ、タッくんもいたから一緒に入ったけど、それがなに？」ぐらいの態度でいてやる！

とか。

まあ。

そんな考えで咄嗟《とっさ》に混浴を決意した私だったけれど——

「…………っ」

いざ混浴してみた結果——尋常《じんじょう》ならざる羞恥《しゅうち》が襲《おそ》いかかってきて、一時のテンションで意地になってしまったことを激しく後悔《こうかい》していた。

ああ、もう……私はいったい、なにをやっているんだろう……？

「……い、いやー、それにしても……いいお湯ね」

「そ、そうですね、いいお湯ですね」

「……ほんと、いいお湯ね」

「……そうですね、やっぱりいいお湯ですね」

延々と繰《く》り返《かえ》される『いいお湯』トーク。もう何回繰《く》り返《かえ》したかわからない。でも続けるしかない。黙《だま》っていると間が保たなくて……恥辱《ちじょく》に押《お》し潰《つぶ》されてしまいそうだから。

檜《ひのき》の四角い家族風呂《ぶろ》は、二人で入るとかなり窮屈《きゅうくつ》だった。

狭《せま》い。思ったよりずっと狭《せま》い。

私も彼《かれ》も、対角線上に体を小さくして浸《つ》かっている。

もちろん完全に裸《はだか》というわけじゃない。タオルで体の前面は隠《かく》すようにしている。温泉にタオルを入れるのはマナー違反《いはん》かもしれないけれど、貸し切り風呂《ぶろ》だから大目に見てもらおう。

彼《かれ》もまた、太ももに置いたタオルで大事なところは隠《かく》している。

でも——それだけ。

本当にそれだけ。

お互《たが》いに薄《うす》布一枚で秘部を隠《かく》したまま、ほとんど裸《はだか》みたいな状態で狭《せま》いお風呂《ふろ》に一緒《いっしょ》に入っている。そもそも……女性の場合、タオル一枚で秘部を網羅《もうら》するのはかなり難しい。しかも濡《ぬ》れたタオルは体に張りつき、はっきりとシルエットが浮《う》かび上《あ》がってしまって……なんだかとても卑猥《ひわい》な絵面になっているような気がした。

こんなの——意識するなって方が無理。

「〜〜っ」

は、恥《は》ずかしいぃぃ……！

なんでこんなことしちゃったの、私はっ⁉

絶対に間違《まちが》った！　ああ、やっぱりあのまま大人しく部屋に戻《もど》ればよかった！　単発のラッキースケベイベントとして処理して、とっとと次の話にいけばよかった！　なんでこんなじっくり掘《ほ》り下《さ》げちゃったの⁉

ていうか。

大人の女の余裕《よゆう》を見せたくて混浴を申し出てしまったけど……冷静に考えたら、これってただの痴女《ちじょ》じゃない!?　男が先に入ってたお風呂《ふろ》に平然と相乗りを申《もう》し込《こ》むって、痴女《ちじょ》以外の何者でもないわよね!?

「……あ」

悶々《もんもん》と苦悩《くのう》しながら——ふと、タッくんの方を見て気づいた。

檜《ひのき》のお風呂《ふろ》の反対側。

彼《かれ》は脚《あし》を折《お》り畳《たた》み、すごく窮屈《きゅうくつ》そうに入っていた。

必要以上に小さくなっている。

たぶん、こっちに気を遣《つか》っているからだと思う。

万が一にも、私の肌《はだ》に触《ふ》れてしまわないように。

「タッくん……脚《あし》、窮屈《きゅうくつ》そうね」

「え……ああ、いや、大丈夫《だいじょうぶ》ですよ、このぐらい。綾子《あやこ》さんの方こそ、だいぶ無理な体勢になってないですか？」

「わ、私は大丈夫《だいじょうぶ》よ。タッくんの方が脚《あし》が長いんだから大変でしょ？　もっとこっちに伸《の》ばしていいわよ」

「いえ。俺《おれ》はいいですから、綾子《あやこ》さんが……」

お互《たが》いに譲《ゆず》り合《あ》ってしまい、変な間が生まれてしまう。

「……だったら」

意を決して私は言う。

「ふ、二人で一緒《いっしょ》に伸《の》ばしましょう」

「え……」

「うん、それがいいわ。そしたら不公平じゃないもんね。そうよ、そもそもせっかくの貸し切り風呂《ぶろ》なんだから、こんな窮屈《きゅうくつ》に入ってたらもったいないわよ」

「……でも、そうすると、脚《あし》が」

「あ、脚《あし》なんか少しぐらい触《さわ》ったって大丈夫《だいじょうぶ》っ」

私が強く言うと、タッくんも「……わかりました」と頷《うなず》いてくれた。

お互《たが》いに、少しずつ探《さぐ》り合うようにしながら、相手の方に脚《あし》を伸《の》ばしていく。

迷いながらも脚《あし》を進め、最終的にはタッくんの脚《あし》の上に、私の脚《あし》を重ねて置く形となった。

互《たが》いの肌《はだ》と肌《はだ》が――触《ふ》れる。

「「――っ」」

ただ、素足《すあし》と素足《すあし》が触《ふ》れただけの話。たったそれだけのことなのに、体に電流が走ったような気がした。

心臓が信じられないぐらい高鳴る。

うう……なんで、どうして？　ただ脚と脚がちょっと触《ふ》れ合《あ》ってるだけなのに、どうしてこんなに変な気分になっちゃうの……？

「ほ、ほらね、脚《あし》を伸《の》ばすと気持ちいいでしょ？」

「……そ、そうですね」

必死に平静を装《よそお》う私と、上の空な返事をするタッくん。

その視線は、自分の脚《あし》の上に置かれた私の脚《あし》へと集中していた。

「どうしたの……？　あっ、ごめん。脚《あし》、重かった？」

「え？　あっ、いや……そうじゃなくて」

言いにくそうに彼《かれ》は言う。

「綾子《あやこ》さん、脚《あし》も綺麗《きれい》だなと思って」

「……～っ。な、なに言ってるのよ、もうっ」

「す、すみません……」

「全然、綺麗《きれい》じゃないわよ、私なんて……。太ももとか、やや太めだし」

「太くないですよ。適度に肉がついてるだけで」

「肉がついてるとか言わないでよ！」

しかも……『脚《あし》も綺麗《きれい》』ってなに？　脚《あし》『も』って……。

あ～、う～……もう、なんなのよ。なんでタッくんは、次から次へと私のことを褒《ほ》めてくるの？　そんなに褒《ほ》め殺しにされたら、私――

「…………」

ちらり、と彼《かれ》を見る。

すると慌《あわ》てた様子で目を逸《そ》らした。

混浴を始めてからずっとこんな感じ。彼《かれ》が見ていたのは『脚《あし》』だけじゃない。私の体を、ずっとチラチラと見てくる。

誤魔化《ごまか》そうとはしているようだけれど、この距離《きょり》じゃどうしたって気づいてしまう。見ている。

タックんが、私を見ている。

こんな恥《は》ずかしい状態の私をジッと見ようとしている。

熱を帯びた視線を向けられ、剝《む》き出《だ》しの肌《はだ》が焼《や》け焦《こ》げてしまいそう。

ああ――

なんだか……とてつもなく恥《は》ずかしい。

見られることも恥《は》ずかしいけれど――それを少し嬉《うれ》しく感じてしまっている自分が、一番恥《は》ずかしい。

このままずっと一緒《いっしょ》に入っていたら、どうにかなってしまいそう――

「あ、あの……綾子《あやこ》さん！」

ふと、タッくんが声を荒らげた。

茹《ゆ》で上《あ》がったような真っ赤な顔をして、少し身を乗り出す。

「え……ど、どうしたの？」

「すみません……いいですか？」

「いいって、なにが？」

「……俺《おれ》、もう限界みたいで」

「限界……」

ふむ。限界？　なにが限界だというのか？

ちょっと客観的に状況《じょうきょう》を分析《ぶんせき》してみよう。

限りなく裸《はだか》に近い格好で向き合っている男女。

すると男の方が——なにかしらの限界を訴《うった》えてきた。

顔は赤く、息は荒《あら》く、とにかく必死で真剣《しんけん》な様子。

この状況《じょうきょう》で彼《かれ》が口にした限界の意味とは——

「……〜っ⁉」

えっ　ええええ〜⁉

限界って……そ、そういう意味⁉

理性の限界ということ⁉

性欲を抑《おさ》えようとしている理性が、今にも崩壊《ほうかい》しそうってこと⁉

「ダ、ダメよ、タッくん！　な、なにを言ってるの……⁉」

「すみません……耐《た》えようと思ったんですけど、もうどうにもならなくて……本当、限界なんです……。もう俺《おれ》、我慢《がまん》できない……！」

「が、我慢《がまん》できないって……う、うう……！」

熱烈《ねつれつ》な視線で必死に訴《うった》えてくるタッくん。突然《とつぜん》の爆弾《ばくだん》発言にパニックに陥《おちい》りそうになるけど、反面、罪悪感も抱《いだ》いていた。

ああ、私のせいだ。

私が変な意地を張って混浴なんかしようとしたせいで、タッくんを苦しめてしまっている。

私達《わたしたち》は、男と女なのよ？

まして私は、その、なんていうか……タッくんの想《おも》い人なわけで。

そんな人と一緒《いっしょ》に混浴なんてしたら——理性が限界を迎《むか》えるのは当たり前のこと。

こんな状況《じょうきょう》で性欲を我慢《がまん》できなくなったとしても、彼《かれ》を責めることなんてできない。

年頃《としごろ》の男ならば、獣《けもの》になって当たり前。

でも——待って。

頭ではわかってるんだけど、ちょっと待って。

ま、まだ心の準備が——

「すみません、綾子《あやこ》さん……」

「……そ、そんなに謝《あやま》らないでよ。タッくんが悪いわけじゃないから……。しょ、しょうがないわよね。こんな状況《じょうきょう》なら、誰《だれ》でも……そうなってしまうのよね？」

「……はい。そうみたいです」

み、認めた！　認めちゃうの!?

「だから……いいですか？」

認めた上で求められた!?

すっごい肉食系！　ぐいぐい迫《せま》ってくる！

「ま、待ってタッくん……ちょ、ちょっとだけ落ち着いて……」

「……ごめんなさい、これ以上は待てないです」

「そ、そんな……」

「本当、すみません。もう……限界なんです。今すぐ、どうにかしないと」

「い、今すぐ!?」

つまり……この場で、ってこと!?

待って待って無理無理無理。

だって、こんななんの準備もないところで――

「ごめんなさい、綾子《あやこ》さん、俺《おれ》――」

「え、あ……ダ、ダメよ、そんなの……だって……う、うう〜……」

完全にテンパってしまった私は、大声で叫《さけ》んでしまう。

「ど、どうしてもっていうなら、ちゃんと鍵をかけてから——」

「——先にあがらせてください！」

叫《さけ》びは同時だった。

パニックになった頭で開けっぱなしになっている浴室ドアの鍵について反射的に言及したとき、タックんもまた叫《さけ》んでいた。

へ？

先にあがらせてください？

「……ど、どういう意味？」

「へ？　どうもこうも……熱くてのぼせそうで……我慢《がまん》の限界だから、先に風呂《ふろ》からあがらせてくださいって意味ですけど……」

「…………そっちの意味!?」

限界とか、我慢《がまん》とか、全部その意味だったの!?

熱くてのぼせそうだから、お風呂《ふろ》からあがりたいって意味!?

「そっちの意味って……なにがですか？」

「えっ……い、いやいやなんでもない！　そそ、そうよね、そういう意味しかないわよね！

もちろん最初から全部わかってたわよ！」

は、恥《は》ずかしい。なんて勘違《かんちが》いをしてるのよ、私⁉

冷静に考えたら……そうに決まってるでしょ。タッくんがそんな性欲お化けみたいな行動するわけないじゃない！　それなのに……勘違《かんちが》いして、パニクって、最後には『鍵をかけてから』なんてまるで欲望《よくぼう》を受け入れるようなこと叫《さけ》んじゃうなんて……う、うう〜っ！

「えと……じゃあタッくん、早くあがった方がいいわよ。のぼせたりしたら大変だから」

自己嫌悪《けんお》を必死に押《お》し殺《ころ》し、冷静な対応を試みる。

「こんなこといちいち断ったりしなくていいのに……。熱かったならさっさとあがればよかったじゃない」

「それは、そうなんですけど」

大変言いにくそうに、タッくんは続ける。

「その……あがるときは、綾子《あやこ》さんには目を閉じててほしくて」

「うん？」

「な、なんていうのか……見苦しいものをお見せするといけないので」

見苦しいもの？

なんだろう。

大事なところはタオルで隠《かく》れてるはずだから――

「お尻《しり》、とか？」

「へ……？　あっ、そ、そうですっ。俺《おれ》の尻《しり》なんて見てもなにも楽しくないと思うので目を閉じててほしいなと思いまして！」

急に早口になるタッくんだった。

「わ、わかったわ」

お尻《しり》ぐらい気にしなくていいのに、と思いながらも、やけに真剣《しんけん》な様子だったので、その意思を尊重することにした。

私は目をしっかりと閉じ、ついでに後ろを向く。

「……じゃあ、お先に失礼します」

背後でザブンと、湯船から立ち上がる音がした。そのままヒタヒタとドアまで歩いて行き、タッくんはお風呂《ふろ》場から出て行った。

一人残された私の頭には——少し引っかかるものがあった。

「見苦しいもの……？」

お尻《しり》かと思ったけれど、男の人の場合、タオルを腰《こし》に巻けばお尻《しり》も一緒《いっしょ》に隠《かく》せるわよね？

だったら……やっぱりお尻《しり》じゃなかったのかしら？

タオルを巻いても隠《かく》せないようなもの……隠《かく》そうとしてもタオルからはみ出してしまいそうなもの……そして、私には見せたくないようなものなんて——

「…………～～～～っ!?」

タッくんがなにを隠《かく》したかったのかを――ナニを隠《かく》したかったのだということを、私はかなり遅《おく》れて理解した。

湯船の中で体温が一気に急上昇《きゅうじょうしょう》し、危《あや》うくこっちがのぼせるところだった。

第五章
母娘と青年

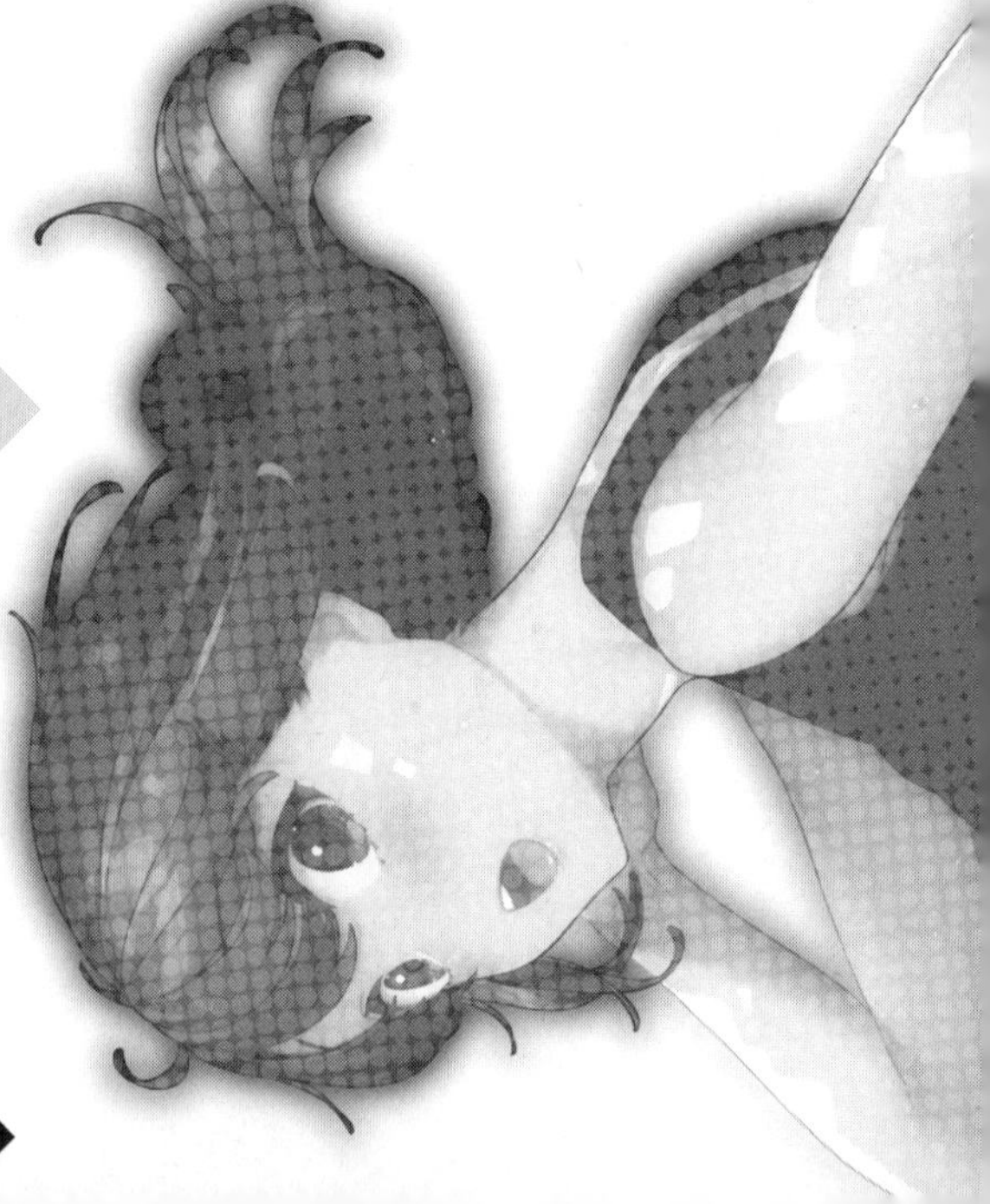

♠

嬉《うれ》し恥《は》ずかしの家族風呂《ぶろ》からどうにか無事に上がった後、俺《おれ》は部屋で横になって休んでいた。

完全にのぼせてしまったわけではないけれど、その二、三歩手前ぐらい。

体は火照《ほて》っているので、頭が少しボーッとする。

一番の原因は長湯だと思うが……目にした光景もかなり影響《えいきょう》していると思う。

すごかった。

綾子《あやこ》さんの入浴姿は、本当に本当にすごかった。

湯船《ゆぶね》に浸かって紅く上気した顔は普段より数割増しで色っぽく……そして濡《ぬ》れたタオルが張りついた艶《なま》めかしい肉体は、途方《とほう》もなく扇情的であった。

数時間前に際《きわ》どい水着姿を見られただけでもう死んでもいいって思ってたけれど、まさかそれ以上に破廉恥《はれんち》なものが見られるとは……。

あんまり見たらいけないとは思っていたけれど、本能的欲求を抑《おさ》えることができずに何度も見てしまった。

はあ……チラチラ見まくってたこと、絶対バレてるよなあ。

嫌《きら》われたかなあ。

つーか……見せたくなかった『見苦しいもの』の正体、やっぱりバレてるんじゃないかなあ。

本当にお尻《しり》って思ってくれてるのかなあ。

ああ、もう、絶対嫌《きら》われただろ、俺《おれ》……。

性欲が前面に出すぎだよ。

「あらー。どうしたのタク兄《にい》？」

熱っぽい頭で一人悩《なや》んで凹《へこ》んでいると、美羽《みう》が帰ってきた。寝《ね》ている俺《おれ》に気づくと、歩いてきて近くに座《すわ》る。

その顔には、どこか悪戯《いたずら》っぽい笑《え》みがあった。

「ずいぶんとお疲《つか》れみたいですね」

「……誰《だれ》のせいだと思ってんだ」

「あはは。その様子じゃ楽しんでもらえたみたいだね。私プロデュースのちょっとエッチでかなりラッキーなハプニングイベント」

屈託《くったく》のない笑《え》みで、悪びれもせずにネタばらしをしてくる。

「ちゃんとばったり出くわした？　うちのママの裸《はだか》は、一瞬《いっしゅん》でも破壊《はかい》力すごかったでしょ？」

「……そうだな」

やはり美羽《みう》の作戦は、ばったり出くわす程度の予定だったらしい。

俺《おれ》が先に風呂《ふろ》に入り、そこに綾子《あやこ》さんが入ってきて、鉢合《はちあ》わせて終わり。

そこからの流れでがっつりと混浴したなんて、夢にも思っていないはず。だったらまあ……ここでわざわざ真実を明かす必要もないだろう。というか単純に恥《は》ずかしい。混浴してのぼせたという事実を言いたくない。

「それで、ママはどこ行ったの？」

「俺《おれ》のために、飲み物買いに行ってくれたよ」

「ふーん、そっか」

「なあ美——」

「タク兄《にい》」

俺《おれ》の呼びかけを、たぶんわざと無視して、かぶせるように美羽《みう》は言った。

「ちょっと頭上げて」

「頭？」

疑問に思いつつも、とりあえず指示に従う。

「そうそう……もうちょい上げて。うん、おっけー」

美羽《みう》は上げた頭の下に——自分の両脚《りょうあし》を滑《すべ》り込《こ》ませてきた。

俺《おれ》の頭部は、太ももの上に乗る形となる。

「……なにやってんだ？」

「ん？　膝枕《ひざまくら》——」

悪戯めいた顔で、太ももの上にいる俺を見下ろしてくる美羽。

「それはわかってる。なんで膝枕《ひざまくら》してんだって聞いてるんだよ」

「たまにはいいでしょ、こういうのも」

「…………」

「そんなムッツリとしないでさ。もっと喜んでもいいんじゃないの？　せっかくの現役《げんえき》ＪＫの膝枕《ひざまくら》なんだよ？　お金には換《か》えられない価値があると思うなあ」

「……俺《おれ》にＪＫ趣味《しゅみ》はないって言っただろ」

「はぁーあ。そうでした。タク兄《にい》は、ママのムッチムチな太ももじゃないと喜んでくれないってことね」

「ムチムチとか言ってやるなよ……」

いやまあ、実際綾子《あやこ》さんの太ももは……ムッチムチだったんだけどさあ！

湯の中で伸《の》ばされた美しい脚《あし》の映像が脳裏《のうり》に蘇《よみがえ》る。

決して太すぎるということはなく、しかしお世辞にも細いとは言えないような、適度に肉を纏《まと》った素晴《すば》らしい太もも。ほんの少し脚《あし》で触《ふ》れただけだが、しっとりとした柔肌《やわはだ》の生々しい感《かん》触《しょく》は今も鮮明《せんめい》に残っている。

「──ごめんね」

と。

卑猥《ひわい》な妄想《もうそう》に溺《おぼ》れそうになっていた俺《おれ》を、美羽《みう》の声が現実に引《ひ》き戻《もど》す。

これまでの軽い調子とは打って変わって、しんみりとした声で。

「さすがにちょっと、悪ふざけが過ぎたかなって思ってる」

「……お前な」

俺《おれ》は深く息を吐《は》き出《だ》す。

「こっちが怒《おこ》る前に謝《あやま》るなよ。怒《おこ》るに怒《おこ》れなくなるだろ」

「それが狙《ねら》いだったりして」

「…………」

「嘘嘘《うそうそ》、ごめん。ちゃんと反省してる」

「俺《おれ》はいいから綾子《あやこ》さんに謝《あやま》っとけ」

「うん、わかった」

それきり、しばしの沈黙《ちんもく》が落ちる。静かで、しかしどこか神妙《しんみょう》な空気が生まれ、膝枕《ひざまくら》から抜《ぬ》け出《だ》すタイミングを逸《いっ》してしまった。

「タク兄《にい》はさ」

頭上から、美羽《みう》が口を開く。

「あの約束――覚えてる？」

「約束……？」

「十年前、いや九年前ぐらいかな……？」

美羽《みう》は顔を上げ、どこか遠くを見るような目をした。

まるで、とても幸せだった頃《ころ》の記憶《きおく》を思いだしているような。

「ママが急な仕事で部屋に籠《こ》もって、タク兄《にい》とビーズでアクセサリー作りして遊んでたとき……私が描《か》いた絵を見せたこと、あったでしょ？　ママが額に入れてくれた、私とタク兄《にい》が描《か》いてある絵。覚えてる？」

「……覚えてるもなにも——忘れるわけねえだろ」

俺《おれ》は言った。

忘れられるはずもない。

俺《おれ》にとっては特別で、かけがえのない思い出の一つだ。

ただ、それを認めてしまうことはなんだか気恥《きは》ずかしくて、どうしても素っ気ない口調になってしまった。

「……そっか。覚えてるんだ」

美羽《みう》は一瞬《いっしゅん》面食らった顔をした後、満足そうに微笑《ほほえ》んだ。

「あんな昔の約束なんて、とっくに忘れてると思ってた」

「むしろお前の方が忘れてるんだろうと思ってたよ。あのとき美羽《みう》は、まだ六歳《さい》ぐらいだっただろ？」

「六歳《さい》だって覚えてるよ」

大事なことは――ちゃんと覚えてるの。

静かに微笑《ほほえ》みながらそう告げると、美羽《みう》は膝枕《ひざまくら》をやめて立ち上がった。

「はい、サービスタイム終了《しゅうりょう》～」

冗談《じょうだん》めかしたことを言いながら、部屋から出て行った。

◆

部屋から出て、私は後ろ手にドアを閉める。

「……ふふ」

ああ、ダメだ。

どうしても――笑《え》みが溢《あふ》れてしまう。

こんな緩《ゆる》んだ顔、誰《だれ》にも見せるわけにはいかない。

「そっかぁ……タク兄《にい》、約束のこと覚えててくれたんだ」

子供の頃《ころ》に交《か》わした―― 私達《わたしたち》の約束。

それは、結婚《けっこん》の約束だった。

『大きくなったら結婚《けっこん》する』という、一つの誓《ちか》い。

傍から見ればきっと茶番でしかないのだろう。

茶番であり、ただのおままごと。

子供の頃《ころ》に交《か》わした『結婚《けっこん》』の約束なんて、なんの拘束《こうそく》力もない。むしろ十年近く経《た》ってるのにそんな約束にこだわるなんて……イタいにもほどがある。

でも。

タク兄《にい》は、ちゃんと覚えていてくれた。

私との『結婚《けっこん》』の約束を、覚えていてくれた。

だったらもう——それだけで十分。

私はもう、これ以上なにも望むことはない。

未練も後悔《こうかい》もなく、全力でママとタク兄《にい》のことを応援《おうえん》できる——と。

幸福で満ち足りた気分となっていた私は、珍《めずら》しく——自分で言うのもなんだけれど本当に珍《めずら》しく、隙《すき》だらけで無防備な状態となってしまっていた。

だから——

「……美羽《みう》？」

気づけなかった。

スポーツ飲料を抱《かか》えたママが、すぐそばまで近づいていたことを。

♥

部屋の前に立っている美羽《みう》は、声をかけるとギョッと驚《おどろ》いた顔をした。

「ママ……」

「どうしたの、美羽《みう》？　そんなところに立って」

「いや、別に……」

一度気まずそうに視線を逸《そ》らした後、

「……ねえ、ママ」

今度は探《さぐ》るような目で、私を見てきた。

「今の……聞いてた？」

「え？　聞いてたって、なにが？」

「……んーん。なんでもない。聞いてないならいいや」

どうでもよさそうに、それでいて少し安心したように、美羽《みう》は言った。

「その飲み物、タク兄《にい》に？」

「ええ、そうよ。少し買いすぎちゃったかもしれないけど」

「早く渡《わた》してあげなよ。タク兄《にい》、だいぶぐったりしてたから」

「誰のせいだと思ってるのよ……？」

「そうでした。ごめんなさい」

口調は軽かったけれど、美羽《みう》はしっかりと頭を下げてきた。

「一緒《いっしょ》にお風呂《ふろ》に入らせちゃったことは、ちょっとやりすぎたと反省してます」

「……ずいぶんと素直《すなお》に謝《あやま》るのね」

私は小さく溜息《ためいき》を吐《つ》く。

「もういいわよ。べ、別に大したことでもなかったしね。ママみたいな大人の女は、お風呂《ふろ》で男と鉢合《はちあ》わせたぐらいじゃなんともないんだから」

「ふーん、そっか」

「私よりタックんにちゃんと謝《あやま》りなさい」

「……それ、タク兄《にい》にも同じこと言われたよ」

呆《あき》れ口調で言い放つ美羽《みう》。

「……ねえ美羽《みう》——あなたいったい、なにがしたいの？」

私は言った。

覚悟《かくご》を決めて、切り出した。

「あてつけみたいに私の前でタックんとイチャイチャして、こっちを煽《あお》るような真似《まね》ばかりして……かと思えば、今のお風呂《ふろ》みたいに、私とタックんをからかうような悪戯《いたずら》を仕掛《しか》けたりして……正直、なにを考えてるのか全然わかんないわ」

心の声が漏《も》れていく。

呆《あき》れの声でもあり――同時に助けを求める訴《うった》えでもあった。

支離滅裂《しりめつれつ》な行動に振《ふ》り回《まわ》されて疲《つか》れたけれど、申し訳ない気持ちもある。

娘《むすめ》の気持ちを理解してあげられない自分が情けない。

「美羽《みう》……お願いだから教えて」

私は懇願《こんがん》するように訴《うった》える。

「あなたは、なにを考えてるの？　なにが目的なの？」

「――わかってないなあ」

返ってきたのは――冷たく素っ気ない声だった。

呆《あき》れ果《は》て、失望したかのような。

「全然わかってないよ、ママ」

美羽《みう》は透徹《とうてつ》した目で私を見つめる。

冷め切った双眸《そうぼう》に、ほんの少しの苛立《いらだ》ちを滲《にじ》ませて。

「わ、わかってないって……だから聞いてるんでしょ？　ママは神様じゃないんだから、言ってくれなきゃあなたの気持ちなんてわからないわよ」

「そうじゃなくてさ……んー、あー、もういいや」

投げ出すように言った後、美羽は私が持っていた袋に手を伸ばす。
「旅先で揉《も》めてテンション下げたくないし、この続きは帰ってからにしようよ」
あとこれ、もらってくね。
と言って。
袋《ふくろ》からスポーツドリンクを一本取り、立ち去っていく。
「美羽《みう》……」
私はただ、その場に立《た》ち尽《つ》くした。
去っていく背中に、心の中で問いかける。
美羽《みう》。
あなた、いったいなにがしたいの？
どうして私に、自分の気持ちを言ってくれないの？
それに――
――そっかぁ……タク兄《にい》、約束のこと覚えててくれたんだ。
本当は――聞こえていた。
ドアの前にいた美羽《みう》が漏《も》らした独り言。

あの瞬間《しゅんかん》の美羽《みう》は、なんだかとても幸せそうな顔をしていた。作ったような笑《え》みではなく、心の奥底《おくそこ》から幸福が漏《も》れ出したような、そんな自然な笑顔《えがお》。

あの笑顔《えがお》を見て——私はますますわからなくなってしまった。

ねえ、美羽《みう》。

あなた、なにを考えてるの？

わかってないって——私はなにをわかってないの？

タッくんとの約束って……いったいなんなの？

その後は——普通《ふつう》だった。

部屋に戻《もど》ってきた美羽《みう》は普段《ふだん》の明るさを取《と》り戻《もど》していて、私もそれに合わせて普通《ふつう》のテンションで対応するようにした。

テレビをつけながら談笑《だんしょう》しているうちに、段々と夜は更《ふ》けていく。

時刻は夜の十一時。

そろそろ床《とこ》についた方がいい時間だが——しかし私達《わたしたち》には、就寝《しゅうしん》の前にどうしても決めておかねばならない問題があった。

それは——誰《だれ》がどこにどう寝《ね》るかという、ポジショニングの問題。

「ねえタク兄、せっかくだし一緒の布団で寝ちゃう？」

　部屋の中央に三つ、川の字に並んだ布団《ふとん》を前にして、美羽《みう》は小悪魔《あくま》的な笑《え》みを浮《う》かべて言った。タッくんは困り果てた表情となる。

「寝《ね》るわけないだろ……」

「えー、いーじゃん。昔はよく一緒《いっしょ》に寝《ね》たりしたでしょ？」

「何歳《なんさい》の頃《ころ》の話をしてんだよ」

「美羽《みう》。ふざけるのもいい加減にしなさい。そんなのママが許しません」

「ふーんだ。ママには関係ないでしょー。一人で隅《すみ》っこの方に寝《ね》てればいいじゃん」

「……あなたはなにをするかわからないから、私の隣《となり》に寝《ね》なさい。私があなたとタッくんの間に入ってガードするから」

「とか言って……自分がタッくんの布団《ふとん》に忍《しの》び込《こ》むつもりなんじゃないの？」

「なっ……そ、そんなことするわけないでしょ！」

　ぎゃーぎゃーと議論を繰《く》り返《かえ》し、最終的にはタッくんが真ん中という形で落ち着いた。まあ、これがベストな形でしょう。

　三人で布団《ふとん》に入り、電気を消す。

　消灯後、美羽《みう》がタッくんの布団《ふとん》に忍《しの》び込《こ》もうとして一騒動《そうどう》あったりもしたけれど、それもほんの五分ぐらいのこと。

真っ暗な部屋はすぐに静かになる。

誰《だれ》もしゃべったりしない。

二人はもう、寝《ね》てしまったらしい。

でも私の方は——なかなか寝《ね》つけなかった。

隣《となり》にタッくんがいる緊張《きんちょう》……もないわけじゃないけれど、それ以上に頭を悩《なや》ませることがあった。

美羽《みう》のこと、だ。

自分の娘《むすめ》がなにを考えてるのか——布団《ふとん》の中でそんなことを考えてしまう。

美羽《みう》に合わせて二人の前では何事もなかったように振《ふ》る舞《ま》ったつもりだけれど、こうして無音になると、どうしてもいろいろと考えてしまう。

頭の中が、どんどんゴチャゴチャしてくる——

「…………」

どうにも眠《ねむ》れそうになかったので、私は静かに布団《ふとん》から出た。音を立てないようにしながら、こっそりと部屋を後にした。

薄暗《うすぐら》い廊下《ろうか》を、一人歩く。

足下《あしもと》を照らす淡《あわ》い光だけを頼《たよ》りに当てもなく歩いていると、自動販売《はんばい》機の光が目に入った。

ノンカフェインのお茶を買い、壁《かべ》に背を預けて一口啜《すす》る。

壁の反対側は、一面がガラス張りとなっていた。

外の景色がよく見える。

ガラス越《ご》しの夜空では、夏の星達《たち》が輝《かがや》いていた。

儚《はかな》くも美しい星々の輝《かがや》きに目を奪《うば》われた――そのときだった。

「綾子《あやこ》さん」

と、私を呼ぶ声。

振《ふ》り返《かえ》ると、タッくんがこっちに歩いてくるところだった。

少し心配そうな顔をして、私を見つめてくる。

「タッくん……」

「どうしたんですか、こんな時間に出歩いて」

「……なんだか寝《ね》つけなくてね。もしかしてタッくんも？　あっ……ごめん、もしかして私が起こしちゃった？」

「いえ。俺《おれ》も眠《ねむ》れなくて、ずっと起きてましたよ。綾子《あやこ》さんが出てくのがわかったから、後を追ってきた感じで」

眠《ねむ》れなかったのは、タッくんも同じだったらしい。

「なんだか子供みたいよね、旅行先でなかなか寝《ね》つけないなんて」

「そうですね」

冗談《じょうだん》めかして言うと、タッくんも苦笑《くしょう》した。それからふと、ガラスの向こうにある夜空に目を向ける。

私も彼《かれ》の視線を追いかけ、再び夜空に目をやった。

「今日は星が綺麗《きれい》ですよね」

「そうね。お風呂《ふろ》でも思ったけど、本当に綺麗《きれい》……」

「お風呂《ふろ》……」

「そうそう、部屋の露天風呂《ろてんぶろ》、本当に景色がよかったから——」

言ってる途中《とちゅう》で猛烈《もうれつ》な羞恥《しゅうち》に襲《おそ》われた。

うわあっ、しまった！

なんで自分から混浴したときの話題出しちゃってるの⁉

案の定タッくんは、頬《ほお》を赤らめて居心地《いごこち》が悪そうな顔となる。混浴のことを思い出しているんだろう。私も同じように思い出し……死ぬほど恥《は》ずかしくなった。自爆《じばく》すぎるでしょ。

気まずい空気が流れる中、

「あの……綾子《あやこ》さん」

仕切り直すように、タッくんが口を開く。

「さっき浮《う》かない顔してましたけど……大丈夫《だいじょうぶ》ですか？」

「……そんな顔してた？」

「まあ、害と」

言いにくそうに、しかしはっきりとタッくんは言った。

私は少し間を空けてから、根負けしたように静かに息を吐《は》き出《だ》す。

「……うん。実はちょっと悩《なや》んでる……のかもしれない」

「もしかして……美羽《みう》のことですか？」

「う。やっぱりわかっちゃう？」

「わかりますよ、最近のあいつを見てれば」

苦々しい顔となる。

ここ最近の美羽《みう》の急変には、タッくんも思うところはあったらしい。

「……実はさっき、二人のときにちょっと揉《も》めちゃってさ」

「揉《も》めた……？」

「あっ、でも全然大したことじゃなくて。喧嘩《けんか》ってほどじゃないんだけど……なんて言うのか、上手《うま》く歯車が噛《か》み合《あ》わない感じで」

噛《か》み合《あ》わない。

私は娘《むすめ》を見て、娘《むすめ》も私を見て、お互《たが》いに向き合ってるはずなのに、どうしてか目が合ってている気がしない。言葉を交《か》わしながら全く別の次元に立っているような、不思議な疎外《そがい》感を抱《いだ》いてしまう。

「美羽《みう》がなにを考えてるのかわからなくて……あの子に聞いてもなにも教えてくれないし……。こんなこと初めてだから、ちょっと混乱してる」

わからない。

美羽《みう》の気持ちがわからない。

勇気を出して尋《たず》ねてみても、向こうから拒絶《きょぜつ》されてしまう。

狼森《おいのもり》さんは『それは健全なことだ』なんて励《はげ》ましてくれたけれど、だからといって楽観的に考えることはできない。

「……もしも」

段々と思考は暗い方向に沈《しず》んでいき、思ってもしょうがないことを思ってしまう。

考えてもしょうがないことを、考えてしまう。

「もしも私が本当のママだったら……もっとちゃんとできるのかな?」

本当の親なら。

血が繋《つな》がった親子なら。

亡《な》くなった姉さんだったなら。

もっと娘《むすめ》を理解してあげることが、できたのだろうか。

あるいは理解できずとも、こんな不安な気持ちにならずにどっしりと安心して構えていられたのだろうか。

「私達が本当の親子だったら、もっとちゃんと――」

「――綾子《あやこ》さん」

強く鋭《するど》い声が、黒いものに覆《おお》われそうになっていた心に響《ひび》く。

ハッとして顔を上げると――タッくんは険しい眼差《まなざ》しで私を見つめていた。

「そういうの、冗談《じょうだん》でも怒《おこ》りますよ」

「え……」

「綾子《あやこ》さんが――本当のママじゃないわけがないでしょう？」

どこまでも真摯《しんし》に、心から訴《うった》えるような口調でタッくんは言う。

「綾子《あやこ》さんはこの十年、誰《だれ》よりも美羽《みう》のそばにいて、たっぷりの愛情を与《あた》えてしっかりと育ててきた……その気持ちが本当じゃなくて、なにが本当だっていうんですか？」

「…………」

「美羽《みう》だって絶対にそう思ってるはずです。だから……綾子《あやこ》さんを『本当のママじゃない』なんて言う奴《やつ》がいたら、俺《おれ》は絶対に許しません。たとえそれが――綾子《あやこ》さん自身でも」

「タッくん……」

静かな怒《いか》りと、その裏にある何倍もの優《やさ》しさ――そんな激しい感情を真正面から向けられて、じーんと胸が熱くなるのを感じた。

鼓動《こどう》は早鐘《はやがね》を打つのに、心はとても穏《おだ》やかで落ち着いていて……なんだか不思議な安らぎが私を包《つつ》み込《こ》んでくれる。

「……そうね。ごめんなさい、情けないこと言っちゃって」

我ながら本当に情けない。

なんの生産性もない、虚《むな》しいだけの愚痴《ぐち》を吐《は》いてしまった。『本当のママ』ならばどうこうなんて……悩《なや》んでいるようで自虐《じぎゃく》に逃《に》げてるだけの言葉でしかなかった。

「……俺《おれ》の方こそすみません。つい、調子に乗ったこと言っちゃって」

「ううん。ありがとうタッくん。おかげで少しすっきりした」

くすりと笑って、私は言う。

「不思議よね……。タッくんの言葉って……なんだかスッと胸に染《し》みていく感じがするの」

他の誰《だれ》のどんな言葉より、深く心に響《ひび》く。

ずっと不思議だったけれど——今なら少しわかる。

それはきっと、タッくんが本気で私のことを想《おも》ってくれているから。

溢《あふ》れんばかりの想《おも》いが、言葉に乗って私の心の奥底《おくそこ》まで届く——

「やっぱりタッくんは……私にとって特別なのよ」

「……それは、どういう意味で？」

彼《かれ》は動揺《どうよう》を露《あら》わにし、なにかを期待するような目で私を見た。

そこで私は遅《おく》ればせながら……自分がついうっかり、かなり際《きわ》どく思わせぶりなことを言ったことに気づいた。

「え……あっ、いやっ、えっと……と、特別って言っても変な意味じゃなくてね！　な、なんていうのか……」

私は必死に言い訳を取《と》り繕《つくろ》う。

「や、やっぱり……付き合いの長さが違《ちが》うってことよねっ。タッくんはこれまでずっと私のこと見ててくれたわけだから、そんなタッくんの言葉だったら素直《すなお》に信じられるって意味で、だからそこまで深い意味は……」

「……『これまで』、だけじゃないですよ」

言い訳を続ける私に、彼《かれ》は一歩踏《ふ》み出《だ》して近づいてくる。

そして。

両手で——私の両肩《りょうかた》を摑《つか》んだ。

「えっ……」

突然《とつぜん》のことに、心臓が跳《は》ね上《あ》がる。

大きくて骨張った男の人の手。

でも私を摑《つか》む手はすごく優《やさ》しくて、そして少し震《ふる》えていた。

淡《あわ》い光しかない、薄暗《うすぐら》い廊下《ろうか》——

正面から私を見つめる、まっすぐな眼差《まなざ》し。

瞳には緊張と不安が滲むが、それをはるかに上回る情熱と覚悟があった。

「綾子《あやこ》さんさえ許してくれるなら、俺《おれ》は『これから』だってずっと……ずっと一緒《いっしょ》にいたいです。いつまでも、一緒《いっしょ》に……」

「タッくん……」

揺《ゆ》るぎない眼光に、吸《す》い込《こ》まれてしまいそうになる。甘《あま》く激しい言葉は心を溶《と》かすようで、アルコールに酔《よ》ったみたいに頭がボーッとしてくる。

「綾子《あやこ》さん……」

彼《かれ》が少し腕《うで》に力を込《こ》め、私の体を引き寄せる。

私にはもう、抵抗《ていこう》する力なんてなかった。

されるがまま。

「「…………」」

無言で見つめ合う。一秒、二秒、三秒……永劫《えいごう》のようで刹那《せつな》のような、不思議な時間の流れが私達《わたしたち》を包《つつ》み込《こ》んだ。言葉を交《か》わさずとも、お互《たが》いの想《おも》いが通じ合ったような気がした。

ここには誰《だれ》もいない。

私達《わたしたち》二人を見ているのは、夏の夜空だけ。

ならば——今だけは見栄《みえ》や言い訳は全て脱《ぬ》ぎ捨《す》て、目の前の青年に全てを委ねてみてもいいのかもしれない。

少しずつ、タッくんの顔が近づいてくる。

私は拒絶《きょぜつ》も抵抗《ていこう》もせず、自然と目を閉じて——

ぺたんぺたん、と。

不意に廊下《ろうか》の向こうから、部屋用のスリッパで歩く足音が聞こえた。

「〜〜〜っ⁉」

私達《わたしたち》は反射的に体を離《はな》し、互《たが》いに距離《きょり》を取る。

こちらに歩いてきたのは——見知らぬ四十代ぐらいの夫婦《ふうふ》だった。私達《わたしたち》と同じ宿泊客《しゅくはく》なのだろう。ひそひそと小声で話しながら、私達《わたしたち》の横を通り過ぎていく。

私は息を殺して彼《かれ》らがいなくなるのを待つ。

心臓は……バックンバックンと信じられないぐらい高鳴る。

その一方で、ボーッとしていた頭は、急速に冷静になっていた。

「……っ」

待って。ちょっと待って。

私……今、なにしようとしてた⁉

タッくんになにされそうになってた⁉

ま、まずいまずい……！　さっきの流れは完全にまずかった……なんか自然な流れで思わず身を委ねてしまった。頭が酔《よ》っ払《ぱら》ったみたいになっていた。一瞬《いっしゅん》、「もうどうなってもいい」

って思ってしまった……！

なにこれ？　なんなのこれ⁉

これがいわゆる、旅行マジック⁉

「……綾子《あやこ》さん」

「は、はいっ」

思わずびくりと身を震《ふる》わせて振《ふ》り返《かえ》るけれど、彼《かれ》の目からはもう、さっきまでの怖《こわ》いぐらいの情熱は消《き》え失《う》せていた。

気まずそうに、それでいてすごく口惜《くちお》しそうに、タッくんは言う。

「もう遅《おそ》いですし、そろそろ戻りましょうか」

「……そうね」

私は力なく頷《うなず》いた。

それから二人で、部屋まで歩いて戻《もど》る。

安心したような……なんだか残念だったような、とても複雑な気分。

最初の悩《なや》みは少しすっきりしたけれど、別の理由でまた寝《ね》つけなくなりそうだった。

第六章
真実と切札

♥

旅行から帰った日の翌日——

美羽《みう》は朝から友達と遊びに出かけてしまった。

私との会話を避《さ》けるために予定を入れた——のかもしれないけれど、それはちょっと考えすぎなのかもしれない。

社会人かつ主婦である私には、夏休みなど存在しない。

仕事に家事と、やらなきゃいけないことがたくさんある……のだけれど。

「……はぁー」

リビングのテーブルに突《つ》っ伏《ぷ》して、私は深々と息を吐《は》き出《だ》した。

手には——部屋から持ってきた私の宝物が握《にぎ》られている。

ゴテゴテとした装飾《そうしょく》が施《ほどこ》された、カラフルな銃《じゅう》。

オモチャの銃《じゅう》だけれど、お値段は五万円を超《こ》える高級品。

『ラブカイザー』シリーズ四作目。

シリーズ最大の意欲作にして問題作——『ラブカイザー・ジョーカー』。

その作品に登場するサブカイザーの一人、水鶏島《くいなじま》灯弓《ひゆみ》。

彼女が『ラブカイザー・ソリティア』に変身するときに用いるのが、この変身機銃《きじゅう》『ワクワクドッキンマグナム』である。

これはアニメ放送時に発売された子供向け商品ではなく、後に『プレミアムダンバイ』から発売された大人のお友達向け商品。

細部のディティールがすごくて、作中に登場したアイテムがそのまま手元にあるような満足感がある。しかもボタンを押せば、作中の名台詞《ぜりふ》や主題歌、挿入《そうにゅう》歌などが流れる。

私はボタンの一つを押《お》す。

――私の切り札は――リバーシブルよ。

機銃《きじゅう》からは、あの三十六話の名台詞《ぜりふ》が流れた。

ちゃんと本人のボイス。

水鶏島《くいなじま》灯弓《ひゆみ》役を務めた声優――繋《つなぎ》マリアちゃんの録《と》り下ろし。

アニメ本編が終わって数年経《た》っていたにもかかわらず、この大人向けオモチャの発売に合わせて、改めて本編の台詞《せりふ》をいくつか再録してくれたのだ。

「はぁー……尊い。ヒユミン、尊すぎるわぁ……」

脳内にあの三十六話のシーンが蘇《よみがえ》り、体中が多幸感で満たされていく。

さらにこのシーンで実際に流れた挿入《そうにゅう》歌も流せば、まるで自分がその場にいるような、ヒユミンそのものになったかのような――

と、まあ。

そんなことをして現実逃避《とうひ》をしているのが、今の私だった。

「……はあ」

溜息《ためいき》を吐《つ》き、銃《じゅう》を置く。

この五万円以上する変身機銃《きじゅう》で遊べば、大抵《たいてい》のストレスや悩《なや》みはたちどころに浄化《じょうか》されてしまうのに——今日はいくら遊んでもどこか気が晴れない。

どれほどヒユミンの尊さを再確認《かくにん》しても、胸《むね》の奥《おく》がモヤモヤする。

「美羽《みう》……」

旅行から帰った後も、美羽《みう》との気まずい感じは続いている。

向こうは特に気にする素振《そぶ》りも見せず普段《ふだん》通りに振《ふ》る舞《ま》っているから、なおのこと気を揉《も》んでしまう。

狼森《おいのもり》さんとタッくんのおかげで落《お》ち込《こ》みすぎたり悩《なや》みすぎたりすることはないけれど——だからと言ってすっきり爽快《そうかい》というわけにはいかない。

いったい、どうすればいいんだろう。

美羽《みう》の方は今、どんな気持ちでいるんだろう——

「……わっ。もうこんな時間っ」

ふと壁《かべ》の時計に視線をやり、愕然《がくぜん》とする。

ウダウダと悩んだり変身機銃で現実逃避したりしていたら、あっという間に午前中が半分以上終わってしまった。

うわー、まずいまずい。

やらなきゃいけないことたくさんあるのに！

洗濯《せんたく》物は干してないし、お皿は洗ってないし、仕事だってやらなきゃいけないし、それに今日は午後からタッくん家にお土産《みやげ》を持っていく約束をしているし——

「……しっかりしなきゃ」

自分に言い聞かせるように言って、私は立ち上がった。

まずは洗濯《せんたく》物。

朝回した洗濯《せんたく》物は終わっていたので、洗濯機《せんたくき》から取り出して外に干す。

それから、昨日畳《たた》んでまとめたままにしてあった洗濯《せんたく》物を、私と美羽《みう》、それぞれの部屋に片付けていく。

先に私の分をしまって、残りは美羽《みう》の分。

美羽《みう》の部屋の前に立ち——コンコン、と。

いないのはわかっているけれど、なんとなくクセでノックをしてから、部屋に入った。

高校生ともなれば、親が勝手に部屋に入ることを嫌《きら》う子もいるのだろうけれど、美羽《みう》はその辺は気にしないタイプだった。

いつでも入って掃除《そうじ》していいよ、とのこと。プライバシーよりも母親に掃除《そうじ》してもらえるメリットに重きを置いているらしい。まったく……。

私は部屋に入り、いつものように美羽《みう》の下着や服をタンスにしまう。

ついでに軽く掃除《そうじ》でもしていこうかと思い、周囲を見渡《みわた》したところで――

「……ん？」

あるものに気づいた。

机の上にある本棚《ほんだな》――縦に並ぶ教科書の間に、明らかにサイズ的に合わないものが、無理やり差《さ》し込《こ》まれている。

「なにかしら……？」

気になって取り出してみると、それは額縁《がくぶち》だった。

中に入っていたのは――

「――っ!?」

美羽《みう》の絵、だった。

六歳《さい》ぐらいのときに描《か》いたもので、美羽《みう》とタッくんが仲良く手を繋《つな》いでいる。

余白には拙《つたな》い文字でこう書かれている。

『おおきくなったらたくにいとけっこんできますように』

「…………」

表現しようのない感情がこみ上げてきて、息が詰まりそうになる。記憶《きおく》の奥底《おくそこ》にしまってあったものが、洪水《こうずい》のように流れ出してくる。

ああ……懐《なつ》かしい。

この字、私が教えてあげたんだっけ。

美羽《みう》に頼《たの》まれて、ひらがなを教えてあげた。

『わーっ、すっごい！　とっても上手に描《か》けてるわね！　これ、美羽《みう》とタッくんでしょ？』

『うん、そう』

『すごいわあ。天才なんじゃないかしら？　将来は画家かイラストレーターになれるかもしれないわ』

『ねえママ。ここにお願い書くから、ママ、字ぃ教えて』

『お願いって……短冊《たんざく》じゃないのよ？』

『いいの！　書くの！　書いたらタク兄《にい》に見せてあげるの！』

『はいはい』

強情《ごうじょう》な美羽《みう》に気圧《けお》されて、私は字を教えてあげた。

とてもいい絵だと思ったから、親馬鹿なのかもしれないけれど、額に入れて飾《かざ》っておこうと思った。

そして——

絵を描《か》いた日から、数日後。

美羽《みう》は、タッくんにその絵を見せたと言っていた。

私が急な仕事のために部屋に籠《こ》もり、彼《かれ》に子守《こも》りをお願いした日だった。

『……ママ。お仕事終わった？』

その日の夕方ぐらいに、美羽《みう》は私の部屋にやってきた。

『大体終わったわ。ごめんね美羽《みう》、遊んであげられなくて』

パソコンから目を離《はな》し、近づいてきた美羽《みう》の頭を撫《な》でる。

『ううん、タク兄《にい》に遊んでもらってたから大丈夫《だいじょうぶ》』

『そう、よかった。タッくんには本当に感謝しないとね。ちょっと待ってて。今、ママも下に行くから。みんなでお菓子《かし》食べましょう』

『わかったっ』

『……あら？』

そこで私は、美羽《みう》の手にある絵に気づいた。

『その絵、タッくんに見せてあげたの？』

『うんっ。見せたよ。タク兄《にい》ね、すごく上手だねって褒《ほ》めてくれた！』

『そうなんだ。よかったわね』

『あとねあとね、タク兄《にい》と約束したんだ！』

目を爛々と輝かせ、嬉しくて嬉しくて仕方がないといった様子で美羽は言った。

手の中にある額縁《がくぶち》に入った絵を、ギュッと愛おしそうに抱き締《だし》める。

『約束？』

『大きくなったら、結婚《けっこん》するの！　その約束で……ああっ、ま、間違《まちが》ったたっ！』

幸せそうな顔が一転、美羽《みう》は大いに狼狽《うろた》えた後悔《こうかい》の表情となる。

『これ、秘密だったんだ！　約束のこと、誰《だれ》にも言わないって決めたんだった！　ママにも内《ない》緒《しょ》にしておこうって、タク兄《にい》と……』

『あら。そうだったの。ふふふ。大丈夫《だいじょうぶ》よ。ママ、今ちょうど聞いてなかったから』

『ほ、ほんとに⁉』

『ええ。すっごくいいタイミングで、耳がキーンとしてたの』

『そっかー、よかったぁ』

拙《つたな》い嘘《うそ》を信じて心から安堵《あんど》したように笑う美羽《みう》を、私は微笑《ほほえ》ましい気持ちで眺《なが》めていた。

これが、あの日の、記憶《きおく》――

「…………」

そうだ。

思い出した。

私がなぜ――美羽《みう》とタッくんの仲を応援《おうえん》していたか。

タッくんの秘めていた想《おも》いを知るまで、どうしてあの二人に将来はくっついて結婚《けっこん》してほしいと願っていたのか。

それは——幼い美羽《みう》がそう願っていたからだ。

だから私は、二人の仲を応援《おうえん》するようになったんだった——

「……っ」

手が震《ふる》え、絵が手から落ちそうになり、慌《あわ》てて強く額縁《がくぶち》を握《にぎ》った。

絵の中では、二人が笑っている。

美羽《みう》とタッくんが、とても幸せそうに手を繋《つな》いで笑っている。

ああ——

そっか。

そうだったんだ。

これで——全てが繋《つな》がった。

モヤモヤとして消化不良だった問題に、一本の筋が通った。

美羽《みう》がなにを考えているのか——わかってしまった。

旅行先のホテル。

部屋のドアの前に立ったあの子が、口にした『約束』という言葉。

あのときの美羽《みう》は、とても幸せそうな顔をしていた。

タッくんとの、結婚の『約束』を口にして——

「……そういう、ことだったんだ」

足下《あしもと》が崩《くず》れたような喪失《そうしつ》感が襲《おそ》ってくる。頭はふわふわとして現実感がないのに、胸を刺す痛みが、これが紛《まぎ》れもない現実だと私に突《つ》きつけてくる。

美羽《みう》は——タッくんのことが好きなんだ。

幼い頃《ころ》から、ずっと。

そして今でも、ずっと、ずっと、ずっと——

読みたい人だけ読もう、『ラブカイザー』用語解説③

・「私の切札は——リバーシブルよ」

『ラブカイザー・ジョーカー』に登場するサブカイザー、『ラブカイザー・ソリティア』こと水鶏島灯弓が、本編三十六話のラストで言い放った台詞。

自身を諸悪の根源である『ジョーカー』と思い込むように洗脳されていた灯弓は、本編中盤にその事実を知った後に戦線を一時離脱。しかし現世と冥界の狭間——エリュシオンにて、一話で自分が殺したラブカイザー・キティと再会。彼女からハートのエースの力を譲り受け、ラブカイザー・ソリティア＝エンプレスフォームとしての覚醒を果たし、戦線に復帰する。

しかしハートのエースとスペードのクイーン、二枚のカードを強引に融合させたエンプレスフォームは、使えば使うほど命を縮める禁断の力だった。ラブカイザー同士の殺し合いが佳境を迎える中、エンプレスフォームは灯弓の肉体と魂を蝕んでいく。三十五話にて姿を現わしたラスボス——『ジョーカー』の襲来を受け、エンプレスフォームで抗戦するも敗北。「次に変身すれば命はない」と警告を受ける。しかし続く三十六話のラストにして、彼女はジョーカーが放った量産兵から街を守るために、前述の台詞を吐きながら最後の変身を果たす。命を燃やし尽くした最後の変身は、宿敵『ジョーカー』を倒すためでも、ラブカイザー同士の殺し合いに自身が勝利するためでもなく、単なる量産兵から一般人を守るための変[illegible]死闘の果てに街を守り

壮絶な死に様でありながら、しかし灯弓はどこか幸福そうで、満足げだった。

孤独を好んで馴れ合いを好まず、己が生き延びるためなら他者を犠牲にすることなど当然と言い放っていた彼女が、死闘の果てに幼い頃の『ヒーローになりたい』という夢を思い出し、最後の最後で名もなき人々のために命を犠牲にして戦う様子は、多くの視聴者を胸を打った。

ちなみに三十六話ラストと三十七話のエンプレスフォームは、通常のものと違って背中に八枚の羽が生えたような演出があり、公式サイト等では『エンプレスフォーム・シン』と呼ばれている。八枚の翼はそのまま彼女のライフカウントであり、時間経過と共に一枚ずつ失われ、最後の一枚が失われた後に灯弓は絶命した。

当初、サブカイザーである彼女に一度きりの最終フォームを与える予定はなかったそうだが、水鶏島灯弓の予想以上の人気を受け、急遽実現したエピソードと新フォームらしい。そのため放送当時に発売された玩具には『エンプレスフォーム・シン』に変身するときの特殊音声は入っていない。しかし番組終了後にプレミアムダンバイより発売された大人向けアイテムの方には、その特殊音声もしっかりと収録されている。

・繋マリア

日本の女性声優兼俳優。デビュー作は『ラブカイザー・ジョーカー』のサブカイザー、『ラブカイザーソリティア』。

デビュー当時から新人離れした実力を持つことで話題となるが、しかし本人は元々は俳優志望で、声優業は事務所の意向で決まったことだった。ラブカイザーのオーディションも、本人は乗り気で[illegible]りません」ときっぱり答えたそうだが、その冷淡かつ投げやりな態度が監督の目に留まり、水鶏島灯弓役に合格した。

本編の放送中は淡々と仕事をこなし、その後の声優業も順調だったが、本編終了から五年後——突如として声優業の引退を発表。その際に『本当は声優なんてやりたくなかった。ラブカイザーみたいな美少女アニメをやるためにこの世界に入ったわけじゃない』と明け透けな発言をし、シリーズのファンから大いに顰蹙を買った。そしてプレミアムダンバイで発売する大人向け変身アイテムの音声収録を最後に、彼女は声優業を引退。女優の道を進むために、海外へと渡った。

その後は俳優業で目覚ましい活躍を見せ、声優としてラブカイザーシリーズに関わることはなかった。人気キャラである水鶏島灯弓は、毎年のお祭り映画には欠かさず姿だけ登場していたが、声優の問題により台詞は一切ないのが通例だった。

しかし昨年、毎年恒例のクロスオーバー夏映画『ラブカイザー・フォーエバーメモリーズ』にて、繋マリア本人が声優として出演し、水鶏島灯弓に声を当てた。すでに女優としての地位を確立し、また前述の情報から「ラブカイザーシリーズへの出演は繋マリアにとって黒歴史」と世間に思われていたため、事前情報の一切が伏せられたサプライズ出演はファンを大いに驚かせた。

かつての『ラブカイザーみたいな美少女アニメ』発言から、彼女の復活を快く思わないファンも一部にはいたが、多くのファンは水鶏島灯弓の復活に歓喜した。映画の後に繋マリアは『水鶏島灯弓は、私にとって特別で、大好きなキャラクター』と好意的なコメントを述べており、彼女が今現在、

第七章
土産と決断

♥

ここ最近の美羽《みう》の不可思議な行動に、ようやく説明がついたような気がする。

——タク兄《にい》とは私が付き合う。

こんなことを言って、私と張り合うような真似《まね》をしてきたのは——結局は、私をけしかけるためだったのだと思う。

けしかけ、煽《あお》り、はやし立て、いつまでもウダウダ足踏《あしぶ》みして答えを引き延ばしにしている私に、最後の一歩を踏《ふ》み出《だ》させようとしていたのだ。

私とタッくんの仲を、応援《おうえん》したい一心だったのだと思う。

でも。

その行動は——己《おのれ》の恋心《こいごころ》を押《お》し殺《ころ》した上での、行動だった。

本当は、美羽《みう》の方がタッくんを好きなのに……そんな気持ちを抑《おさ》えて、私の背中を押《お》そうとしてくれていた。

そう考えれば、辻褄《つじつま》が合うような気がする。

優柔不断《ゆうじゅうふだん》で曖昧《あいまい》な態度を取っている私に、美羽《みう》が苛立《いらだ》っていたのも当たり前の話だ。

だって——その相手は美羽《みう》が好きな男なのだから。

自分が惚れている男が、他の女に熱心にアプローチを繰り返している。

それなのにその女は、付き合うでも断るでもなく、返事を保留にしたまま曖昧《あいまい》で都合のいい関係を維持《いじ》しようとしている。

こんなの――不愉快《ふゆかい》になって当たり前だ。

美羽《みう》は、どんな気持ちだったんだろう。

タッくんにアプローチされる私を、どんな気持ちで見ていたのだろう。

優柔不断《ゆうじゅうふだん》から答えが出せず、それでいてまんざらでもないような態度を取って浮《う》かれている私を……どんな気持ちで見ていたのだろう。

どれだけの悲しみと切なさを押《お》し殺《ころ》して、私達《わたしたち》の恋路《こいじ》を応援《おうえん》してくれたんだろう。

なにも。

なにも気づいてあげることができなかった。

私はあの子に、どれだけ残酷《ざんこく》なことをしていたのだろう――

――……ええ、もちろんよ。

ふと思い出す。

美羽《みう》が「私のこと、応援《おうえん》してくれるよね？」と言ったとき、私が返した言葉を。

——あなたがタッくんと付き合うなら……母親としてこんなに嬉《うれ》しいことはないわ。あなたが言った通り、私はずっと、美羽《みう》とタッくんに付き合ってほしいって思っていたから。

——二人が付き合うっていうなら、母親として心から応援《おうえん》する。

——あなたが本気ならね。


本気——だった。

美羽《みう》は、本気だった。

幾重《いくえ》にも謀略《ぼうりやく》を巡《めぐ》らせながらも、根底にあるのはタッくんへの想《おも》いだった。

本気でタッくんのことが好きだった。

たぶん、ずっと前から。

何年も前から、ずっとずっと好きでい続けた。

まるで。

タッくんが私を十年間想《おも》い続けてくれたように。

美羽《みう》もまた、長い間タッくんを想《おも》い続けてきたのだろう。

だったら、私は——

「……綾子《あやこ》さん？」

声をかけられ、考えに沈んでいた私は我に返る。

「え……」

「大丈夫《だいじょうぶ》？　ボーッとしてたみたいだけど」

「……あっ。は、はい、大丈夫《だいじょうぶ》です。すみません、ちょっと考えごとしてて」

「ならいいんだけど」

タッくんのお母さん――朋美《ともみ》さんは安心したように笑って、私の目の前にお茶を置いた。

左沢家《あてらざわ》のリビング。

午後になり、約束の時間にハワイアンZ《ゼット》のお土産《みやげ》を持っていったところ、朋美《ともみ》さんから『せっかくだからお茶でも飲んでいって』と言われ、お邪魔《じゃま》する流れとなった。

「ありがとうね、綾子《あやこ》さん」

自分も座った後、お土産《みやげ》の箱を見つめて朋美《ともみ》さんは言う。

「こっちの都合で急に予定をキャンセルしちゃったのに、わざわざお土産《みやげ》まで買ってきてもらっちゃって」

「いえいえ。こちらこそ宿泊《しゆくはく》代を半分も出してもらって、本当にありがとうございました。おかげで、いい部屋に泊《と》まれましたし」

「気にしなくていいわよ。それよりどうだった、あそこの家族風呂《ぶろ》？　入ってみた？」

「は、はい……とても気持ちよかったです」

一瞬《いっしゅん》、混浴時の様々な映像が脳裏《のうり》を過ぎったけれど、慌《あわ》てて振《ふ》り払《はら》った。

それから朋美《ともみ》さんがお土産《みやげ》の封《ふう》を開けて、二人で食べることになった。

買ってきたのは、パイナップルダクワーズのセット。

ハワイアンZ《ゼット》のお土産《みやげ》として、定番中の定番である菓子《かし》。

私も朋美《ともみ》さんも当然何度も食べたことがあるけれど……まあこういうのは気持ちが大事なのだろう。それに何度食べても美味《おい》しいし。

ちなみにダクワーズとは、アーモンド風味のメレンゲを使ったフランスの伝統菓子《がし》のことである。このお土産菓子《みやげがし》の場合、サクサクとした生地《きじ》の隙間《すきま》にパイナップルジャムが入っていて、トロピカルな味わいを楽しむことができる。

「それで……綾子《あやこ》さん」

菓子《かし》を一つ食べ終えたところで、朋美《ともみ》さんが躊躇《ためら》いがちに問うてくる。

「巧《たくみ》とは、その……どうなってるのかしら？」

「え……」

「あの子が告白してから、そろそろ二月ぐらい経《た》つでしょう？　なにか進展でもないのかなと思って。確か一度、二人でデートにも行ったのよね？　実際のところ、今、あなた達はどんな状況《じょうきょう》なの？」

申し訳なさそうに、しかし意外とグイグイと聞いてくる朋美《ともみ》さん。

息子への過干渉——という気はさらさらない。

むしろ当然の話だと思う。

なにせ一人息子《むすこ》が私みたいな、十以上も年上のシングルマザーに交際を申《もう》し込《こ》んでいるのだから。

母親ならば、その恋《こい》の行く末が気になるのは当たり前。

「えと……す、すみません。実はまだ、なんの進展もなく……告白の答えは、ずっと保留のままで。デ、デートは確かにしたのですけど……な、なんていうのか、今は……と、友達以上恋《こい》人《びと》未満と言いますか」

……言っていて辛《つら》かった。

改めて現状を人に説明すると……キツいなあ。

二十歳《はたち》の息子《むすこ》が三十路《みそじ》を超《こ》えた女から『友達以上恋人《こいびと》未満の関係です』とか言われたら、母親はどんな気持ちになっちゃうんだろうなあ……。

「……そうなんだ」

朋美《ともみ》さんは拍子《ひょうし》抜《ぬ》けしたような安堵《あんど》したような、複雑な反応を見せた。

「ごめんなさいね、立ち入ったこと聞いちゃって」

「い、いえ……こちらこそ、本当、優柔不《ゆうじゅうふ》断《だん》な女で申し訳なく思っていますぅ……」

「ああっ、いいのいいのっ。別に責めたわけじゃなくてっ」

深々と頭を下げる私に、慌《あわ》てた様子で朋美《ともみ》さんは続ける。

「綾子《あやこ》さんには綾子《あやこ》さんの事情があるんだから、焦《あせ》ることなんてないわ。美羽《みう》ちゃんのことだってあるんだし、慎重《しんちょう》になるのは当然のことよ」

真摯《しんし》な口調で告げた後、困ったように苦笑《くしょう》する。

「そりゃねえ……結果が気にならないって言えば嘘《うそ》になるけど、でも……だからって、こっちの家のことを気にして結論を急ぐことなんてないわ」

「…………」

「今日はつい気になって尋《たず》ねちゃったけど……私のことなんてなにも気にしなくていいから。責める気なんてサラサラないし、むしろ……少し嬉《うれ》しいぐらいよ。綾子《あやこ》さんはうちの息子《むすこ》のこと、こんなにも真剣《しんけん》に考えてくれてるんだから」

「朋美《ともみ》さん……」

優《やさ》しさが心に染《し》みた。

染《し》みすぎて、もう涙《なみだ》が出てきそうだった。

ああ、本当にいいお母さんだなあ。

こんなにも情けない私のことを一切《いっさい》責めることなく、それどころか温かな言葉をかけてくれる。ありがたすぎて、申し訳なくなってくる。

「――どうして――

気づけば私は、口を開いていた。

「どうして朋美《ともみ》さんは……私と巧《たくみ》くんの交際を認めてくれたんですか？」

「え……？」

「……あっ。いやっ、み、認めたっていうか、まだ交際するもしないも決まってないんですけど……その……反対はしないでいてもらえたようで」

しどろもどろになりつつも、言葉を選んで続ける。

「私みたいな、十以上年も離《はな》れてて、子供もいるような相手だったら……普通《ふつう》は自分の子供との交際を反対するんじゃないかと思いまして……」

「そうねえ」

朋美《ともみ》さんは物思いに耽《ふけ》るような顔となる。

「前にも言ったかもしれないけど……最初は私だって反対だったわ。でも、あなたに見合う男になろうと努力する巧《たくみ》を、十年間一番近くで見てきたから……。その姿を見てたら、段々と応《おう》援《えん》したい気持ちも出てきて――ああ、でも、そうか」

言葉の途《と》中《ちゅう》、ふとなにかに気づいたような反応を見せる。

「反対してた理由も賛成するようになった理由も、もしかしたら同じなのかもしれないわね」

「同じ……？」

「ただ、子供に幸せになってほしかっただけ」

朋美《ともみ》さんは言った。

「結局どんな親も、子供に願うことなんてその一つってことよね」

「………………」

「子供の夢や希望を応援《おうえん》する親も、逆に反対する親も、根底にある思いは同じなのかもしれない。どっちの場合も、子供の幸せを願っているだけ」

それは――その通りだと思った。

たとえば子供が不安定で前途《ぜんと》多難な道に進もうとするとき、応援《おうえん》する親はもちろん、反対する親だって――なにも徒《いたずら》に子供の選択《せんたく》を否定したいわけじゃない。

子供の幸せを願っているからこそ、誰《だれ》よりも願っているからこそ、苦労しそうな道を避《さ》けてほしいと考えてしまう。

進路でも仕事でも――そしてもちろん、交際相手でも。

「幸せの形って人によっていろいろあるけれど、心から好きな人と結ばれるって……たぶん人生の中でもかなり上位に位置する幸せよね？　だったら……子供のそんな幸せを、私が邪魔《じゃま》したらいけない。そんな風に考えてしまったのね、たぶん」

どこか自信なさげに言った朋美《ともみ》さんに、

「……素敵《すてき》、ですね」

と私は言った。

「さすがは朋美さんです」

「ええ？　やだもう、綾子《あやこ》さんったら。おだてててもなにも出ないわよ」

照れたように笑う朋美《ともみ》さん。

「このぐらい普通《ふつう》よ。だって」

子供の幸せを願わない親なんていないんだから。

と。

誤魔化《ごまか》すような謙遜《けんそん》の台詞《せりふ》を続けた。

私は――一生懸命《いっしょうけんめい》笑顔《えがお》を作る。

ズキズキとした胸の痛みを、決して悟《さと》られぬように。

胸《むね》の奥底《おくそこ》で渦巻《うずま》く苦悩《くのう》や悲しみを漏《も》らさぬよう、必死に笑《え》みを保ったまま、私は左沢《あてらざわ》家を後にした。

隣《となり》にある我《わ》が家《や》の玄関《げんかん》をくぐる頃《ころ》には――もう覚悟《かくご》は決まっていた。

「……ふう」

靴《くつ》を脱《ぬ》いで、小さく息を吐《は》く。

決めた。

もう、決めた。

私は――タッくんとは付き合わない。

彼《かれ》の告白は、はっきりと断る。

だって――付き合えるはずがない。

娘《むすめ》が想《おも》いを寄せている相手と、親の私が付き合っていいはずがない。

ここ最近になってようやく彼《かれ》を男として意識しただけの私が、何年も何年も想《おも》い続けていた美羽《みう》から彼《かれ》を奪《うば》っていいはずがない。

だから私は、タッくんとは付き合わない。

そして――美羽《みう》のことを応援《おうえん》する。

美羽《みう》とタッくんが付き合えるように、全力で応援《おうえん》する。

有言実行。

美羽《みう》が本気だったならば、私がとるべき手段はこれしかないはず。

なんてことはない。

ただ、昔に戻《もど》るだけの話。

タッくんが告白しなかった頃《ころ》に、戻《もど》るだけの話。

私にとって彼は近所の優しい男の子で、弟や息子みたいな存在で——それ以上でもそれ以下でもない。

いきなりは無理かもしれないけれど、きっとまた元通りの関係に戻《もど》れるはず。たとえ戻《もど》れなかったとしても、それはここまで告白を引き延ばしてしまった私自身の罪なんだから、一生背負い続けなければならない。

大丈夫《だいじょうぶ》。

私なら、大丈夫《だいじょうぶ》。

ただ——ちょっと前に戻《もど》るだけ。

タッくんの好意になんてさっぱり気づかないでいた頃《ころ》に、戻《もど》るだけ。

どこにでもいるような普通《ふつう》の母親のように、娘《むすめ》と幼馴染《おさななじ》みの男の子との恋愛《れんあい》を見守るのが、私のポジション。

『あらあら、うふふ。若いっていいわねえ』なんて言いながら。

珍妙《ちんみょう》でへんちくりんだったラブストーリーが、ようやく王道に還《かえ》るだけ。

一人の男の子が、幼馴染《おさななじ》みのお母さんと付き合ったりしないで、普通《ふつう》に幼馴染《おさななじ》みと付き合う物語。

私と彼《かれ》は、友達以上恋人《こいびと》未満の関係から、ただのご近所さんに戻《もど》るだけ。

ただ——それだけの話。

大丈夫《だいじょうぶ》。きっと大丈夫《だいじょうぶ》。
タッくんと美羽《みう》が結ばれるなら、私は心から笑える。
だって私は——美羽《みう》のお母さんなんだから。
お腹《なか》を痛めて産んだ子じゃないけど、本当のママなんだから。
この世界の誰《だれ》よりも、娘《むすめ》の幸せを願い、祈《いの》らなければならない存在。
子供が幸せになるためだったら、どんなことだって耐《た》えられる。
子供の幸せを願わない親なんて、この世にいていいはずがないのだから。

第八章
母と娘

♥

チクタク、と。

私しかいないリビングには、秒針の音がよく響《ひび》いた。

時刻は夜の六時すぎ。美羽《みう》からは少し遅《おそ》くなると連絡《れんらく》があった。夕ご飯は友達と食べてくるらしい。

私はというと、なにも食べずに美羽《みう》を待っていた。食欲は全く湧《わ》かない。とてもなにかを食べられる気分じゃなかった。

チクタク、と。

秒針は時を刻み続ける。

不思議な気分だった。美羽《みう》の帰宅を待っているはずなのに、どこかで時が止まってしまえばいいのにと思う気持ちがあった。

娘《むすめ》の帰宅を――娘《むすめ》と顔を合わせることを、恐《おそ》れている私がいる。

でも――もう逃《に》げるわけにはいかない。

ちゃんと向き合わなきゃ。

これまでの全てに、決着をつけなきゃ――

「……ただいまー」

ドアが開く音の後に、気怠《けだる》げな声が響《ひび》いた。

「お帰りなさい、美羽《みう》」

私は玄関《げんかん》に顔を出し、いつも通りの返事をしてから、

「ちょっと話があるんだけど、いい？」

と続けた。

「…………」

美羽《みう》は無言のままリビングへと入り、ソファに腰掛《こしか》けた。

私はなんとなく、テーブルの方についた。面と向かって話さなければならないことだけれど

——でも、面と向かうことで決意が鈍《にぶ》ることが怖《こわ》かったのだ。

しばしの間、痛々しい沈黙《ちんもく》が流れた後、

「……で、話ってなに？」

痺《しび》れを切らしたように、美羽《みう》がどこか棘《とげ》のある口調で言ってきた。

「まあ大体予想つくけどね。旅行のときの話の続きでしょ？」

「……そのことなら、もういいの」

小さく首を振《ふ》って続ける。

「もう、全部わかったから」

「え……」

「美羽《みう》……あなたがなにをしたかったのか、ようやくわかったの」

私は言う。

「ここ最近のあなたの行動は……やっぱり、全部が私とタッくんをくっつけるためのものだったんでしょう？　私が最初に予想した通り、あえてタッくんと付き合いたいフリをして、私のことをけしかけようとしていた……」

「だから、それは――」

「でも」

反論を遮《さえぎ》るように、私は続ける。

「それじゃ――全然足りなかったのよね」

足りなかった。

外れていたわけではないけれど――全然、足りなかった。

「美羽《みう》は最初から一貫《いっかん》して、私とタッくんの仲を応援《おうえん》してくれようとしていた。それはずっと変わらない。私と彼《かれ》を奪《うば》い合《あ》うような真似《まね》をし始めたのも……優柔不断《ゆうじゆうふだん》で答えを出せないまま、タッくんの優《やさ》しさに甘《あま》えている私に発破をかけるため。やり方はともかく、私のためを思っての行動だったのよね……？　だけど――」

声が震《ふる》える。

息が詰まりそうになる。

それでも必死に声を絞《しぼ》り出《だ》す。一瞬《いっしゅん》でも言葉を止めてしまえば、もう二度と言葉が出てこないような気がしたから。

だから——私は言う。

この一言を言ってしまえば、もう後に退くことはできない。

でも、言わないわけにはいかなかった。

「——本当は、美羽《みう》はタッくんのことが好きなんでしょう？」

小さい頃《ころ》からずっと、好きだったのよね？

と。

私は言った。

二度と戻《もど》れぬなにかを、今この瞬間《しゅんかん》踏《ふ》み越《こ》えた。背後にあったはずの退路が、重みに耐《た》えかねた薄氷《はくひょう》のように、静かに砕《くだ》け散《ち》っていくような気がした。

「最近美羽《みう》は、自分がタッくんと付き合うって言い出して……まるでタッくんに気があるような素振《そぶ》りを見せてた……それは私をけしかけるための演技だと思ってたけど——違《ちが》うのよね？　美羽《みう》はその前からずっと、演技をし続けていた……」

左沢巧《あてらざわたくみ》に気があるフリ——のフリ。

まるで気がないように振《ふ》る舞《ま》いながら、その上で気があるフリをした。

二重の演技を、美羽《みう》はしていたのだ。

私はすっかり騙《だま》されていた。

娘《むすめ》の嘘《うそ》に気づくことができなかった。

「ごめんね、美羽《みう》……今までずっと、あなたの気持ちに気づいてあげることができなくて」

「……だったら、なに？」

ゾッとするぐらい冷たく、感情のない声。

美羽《みう》は無表情のまま、淡々《たんたん》と言葉を吐《は》く。

「もしもママの言う通り、私がタク兄《にい》を好きだったとして……それで、ママはどうするの？」

ゆっくりと顔をこちらに向け、透徹《とうてつ》した眼差《まなざ》しで私を見つめる。

挑《いど》むような視線が、心の奥底《おくそこ》まで突《つ》き刺《さ》さる。

「私のこと、応援《おうえん》してくれるの？」

それは――数週前にも言われた言葉だった。

でも、あのときとは状況《じょうきょう》が違《ちが》う。

私はもう、美羽《みう》の本心を知ってしまっている。

全てを知った上で、決断しなければならない。

「……美羽《みう》。よく聞いて」

一度大きく息を吸ってから、私は言葉を始める。

本音を言えば、今すぐにでもこの場から立ち去ってしまいたい。得体の知れないプレッシャーで、今にも押《お》し潰《つぶ》されてしまいそう。

でも――逃《に》げるわけにはいかない。

もはや後戻《あともど》りのできないところまで踏《ふ》み込《こ》み、踏《ふ》み越《こ》えてしまったのだから。

「私は、あなたのお母さんなの」

強く言い切った後、椅子《いす》から立ち上がって歩く。

ソファに座《すわ》ったままの美羽《みう》と、立ったまま正面から向き合った。

「直接あなたを産んだわけじゃないけれど……あなたのことは、本当の娘《むすめ》だと思ってる。押《お》しつけがましいかもしれないけれど、恩着せがましいかもしれないけれど……一応、この世界の誰《だれ》よりも――あなたの幸せを願ってるつもりよ」

――子供の幸せを願わない親なんていないんだから。

朋美《ともみ》さんの言葉が脳裏《のうり》に蘇《よみがえ》る。

そう、その通りだ。全くもってその通り。

親ならば、子の幸せを願うのが当たり前。

それができない親なんて――そんなものは親じゃない。

「私は美羽《みう》に幸せになってほしい。美羽《みう》が幸せになれるなら、どんなことだってしてあげたい。だから……あなたが好きだっていう男と、あなたを差し置いて付き合うなんてできない」

できるはずがない。

娘《むすめ》が愛する男を、母親が奪《うば》うなんて。

そんなこと——していいはずがない。

「あなたが私の幸せを願って、自分の気持ちを押《お》し殺《ころ》してタッくんと私の仲を応援《おうえん》してくれたことは本当に嬉《うれ》しいし、ありがたいことだと思ってる。でもね美羽《みう》……あなたのそんな気持ち、私は受け止められないわ。だって私は……親だから。あなたの親で……ありたいから……」

十年前——

私は、母親になることを選んだ。

恋愛《れんあい》に結婚《けっこん》、妊娠《にんしん》に出産など、多くの母親が経験する過程を飛ばして、いきなり美羽《みう》の母親として生きることとなった。

お腹《なか》を痛めて産んだわけじゃない、本物じゃない母親。

だからせめて、気持ちだけは本物でありたかった。

亡《な》くなった姉夫婦《ふうふ》に負けないぐらい、本物の愛情を注いで美羽《みう》を育てようと思った。

だから、あってはならない。

母親としての気持ちより——女としての気持ちを優先することなんて。

「……じゃあママは、私のためにタク兄《にい》の告白を断るってこと？」

「美羽のため……とも少し違《ちが》うわ。私が、あなたの親としてどうありたいかというだけの話。全部、私の心の問題……」

「それで……今度はママが私の恋《こい》を応援《おうえん》してくれるってわけ？」

「……そうね。そうする……つもりよ」

胸が締《し》め付《つ》けられるように痛み、呼吸が苦しくなる。

拳《こぶし》を握《にぎ》りしめながら、必死に言葉を紡《つむ》ぐ。

「だってそれが……本来あるべき姿なんだから。あなたとタッくんがくっつく方が、どう考えても自然なんだから」

ちょっぴり年の離《はな》れた、幼馴染《おさななじ》みの男女。

そんな二人がくっつく――ごくごく普通《ふつう》の、王道のラブストーリー。

幼馴染《おさななじ》みの母親なんて出る幕はない。

たまに出てきて「あらあら、うふふ。若いっていいわね」と言って二人を見守るような、そんなポジションでいればいい。

だって私は――ほんの二ヶ月前はそんなポジションでいたのだから。

なんのことはない。

ただ――元に戻《もど》るだけの話。

告白される前に戻《もど》るだけの話。

それが普通《ふつう》。

それが自然。

それが、正しい形――

「だから私は……あなた達《たち》二人を応援《おうえん》する……つもり――」

だっ、たの。

と。

私は言った。

今にも途切《とぎ》れそうな声だったけど、どうにか言葉を形にした。

「そうしたかった。そうしようと、思ってた。本当に、本当に思ってたの……告白はきっぱりと断って、この二ヶ月のことは全部忘れて、全部なかったことにして……あなた達《たち》二人を応援《おうえん》しようって……でもっ……でも……ううぅ……」

ずっと堪《こら》えていた涙《なみだ》が、徐々《じょじょ》に目から溢《あふ》れていく。

もはや立っていることもできなくて、その場に膝《ひざ》をついてしまった。

数時間前――
左沢《あてらざわ》家から帰宅して、今夜美羽《みう》とちゃんと話そうと決意した瞬間《しゅんかん》――『私は彼《かれ》とは付き合わない。告白はちゃんと断る』と伝えようと思った瞬間《しゅんかん》。

ズキン、と。

胸が痛んだ。

「うっ……うぅ」

ズキンズキンズキンズキンズキン、と——

信じられないぐらいに、胸が強く痛む。細い針金で心臓をグルグル巻きにされたみたいに、激しく鋭い痛みが襲《おそ》ってくる。

どうして？

どうしてこんなに辛《つら》いの？

どうしてこんなに胸が苦しいの？

ただ——ちょっと前に戻《もど》るだけの話なのに。

タッくんの気持ちなんてなにも知らないでいた、二ヶ月前に戻《もど》るだけなのに。

たったそれだけのことなのに、どうして、どうして、どうして——

どうしてこんなに——嫌《いや》だって思ってしまうの？

ダメなのに。

私は美羽《みう》の母親だから、ちゃんとしなきゃいけないのに——

「……え？」

正体不明の胸の痛みに苛《さいな》まれる中、スマホにメッセージがあった。

相手は——タッくんだった。

『旅行の写真、送りますね』

アルバムフォルダが更新《こうしん》され、写真が追加されていた。

そこには——笑顔《えがお》の私達《わたしたち》がいた。

プールや温泉、ゲームセンターにレストラン、泊《と》まった部屋など……リゾート施設《しせつ》の様々な場所で撮《と》った、私達《わたしたち》三人の写真。

撮影者《さつえい》がタッくんだからなのか……やや私の写真が多かった。

何枚か、私と彼《かれ》のツーショットみたいな写真もある。

メッセージアプリのアルバムには、前回の遊園地デートの写真もフォルダ分けされて残っている。

「……っ！」

数々の写真を眺《なが》めていると、これまでの思い出が一気に溢《あふ》れてきた。

タッくんが私に告白してからの二ヶ月。

彼《かれ》を見る目が、がらりと変わってしまった日々——息子《むすこ》や弟のようにしか思っていなかった

少年を　男として意識するようになった日々。

さらにそれが呼び水となって——この十年の記憶《きおく》も蘇《よみがえ》る。

近所の少年としてしか思っていなかった日々までもが、鮮烈《せんれつ》な色を帯びてかけがえのない特別な思い出へと変わっていくような気がした。

スマホにはさらなるメッセージが届く。

『両家合同の旅行、これからも恒例《こうれい》行事として毎年続けたいですね。それと。

機会があれば、今度は二人きりで、プールとか温泉に行きたいです』

「………」

そのメッセージを見た瞬間《しゅんかん》、私はスマホを抱《かか》えて泣《な》き崩《くず》れてしまう。

胸を刺《さ》すような痛みの正体に——ようやく気づいた。

「……ごめん、美羽《みう》。私、タッくんのことが好きっ」

私は言った。

床《ゆか》に手を突《つ》いて体を支え、俯《うつむ》いたままボロボロと涙《なみだ》を流す。

そんなみっともない姿で——それでも言葉を口にした。

煮《に》え切《き》らないまま引き延ばし続けた答えに——誤魔化《ごまか》し続けた自分の心に、今更《いまさら》になってようやく決着をつけた。

「好きなの……。どうしようもないぐらい、好きになっちゃったの……！」

認めた。

認めざるを得なかった。

なんて皮肉で、なんて情けない話なんだろう。

娘《むすめ》のために身を退こうとして——その瞬間《しゅんかん》に、自分の想《おも》いに気づくなんて。

そこまで追《お》い詰《つ》められなきゃ、自分の本音と向き合えないなんて。

「もう、昔になんて戻《もど》れない……。なにも知らなかった頃《ころ》みたいに笑えない……。だって——知っちゃったから。タッくんが、どれだけ本気で私のことを想《おも》ってくれているのか、知っちゃったから……」

その気持ちに応えたい、報《むく》いたいという気持ちもある。

でも、そんな義務感みたいな気持ちじゃない。

ただただ、嬉《うれ》しい。

嬉《うれ》しくて嬉《うれ》しくてたまらない。

彼《かれ》の一挙手一投足の、なにもかもが嬉《うれ》しく愛おしい——

「最初に好きだって言われたときは……混乱したし、パニックにもなった。向き合うのが怖《こわ》くて逃げたりもした……。でも、タッくんはこんな情けない私が、答えを出すのを待っててくれた。待ってる間も、好きだって言い続けてくれた。そんなの、そんなの——好きにならないわけがないじゃない！」

好き。

大好き。

タッくんのことが大好き。

一度認めてしまったら、信じられないぐらいに想《おも》いがあふれ出してくる。

「……ごめんね。都合のいいこと言ってるわよね、私……。告白されるまで全然気づかなかったのに……今までずっと、ただの娘《むすめ》の友達としか思ってなかったのに。美羽《みう》の方が、ずっと長い間、タッくんを思ってたっていうのに……」

タッくんが私を十年間想《おも》い続けてくれたように——美羽《みう》もまた、タッくんを十年もの間想《おも》い続けていたのだろう。

幼い頃《ころ》の約束を、ずっと覚えているぐらいに。

長年想《おも》い続けた美羽《みう》を差し置いて——私が彼《かれ》を奪《うば》う。

そんな都合のいいことが、許されるはずもない。

頭ではわかっている。

でも、もう、心が全然言うことを聞いてくれない。

「私がタッくんを男として意識したのなんて、告白されてからの、ほんの二ヶ月ぐらいしかない……美羽《みう》より、全然短い……。わかってる。わかってる……でも、それでも……どうしても無理なの！　たった二ヶ月なのに……信じられないぐらい、自分でも笑っちゃうぐらい……タッくんのこと、好きになっちゃった……好ぎに、なっちゃっだの……」

昂《たか》ぶる感情が胸を締《し》め付《つ》け、喉《のど》を絞《し》め上《あ》げる。

言葉が上手《うま》く出てこない。

それなのに、涙《なみだ》だけは止《と》めどなく溢《あふ》れてしまう。

「だから……あなたとタッくんのこと……応援《おうえん》できない。あなたには、あげたくない……この想《おも》いだけは、どうしても、譲《ゆず》れ、ないの……う、うう……」

ポタポタと目から雫《しずく》が床《ゆか》に落ちていく。

嗚咽《おえつ》混じりの声で、剝《む》き出《だ》しの本音を吐《は》き出《だ》す。

「ごめん……ごめんね美羽《みう》……ダメなママでごめん……私、あなたのお母さんなのに、あなたのことを一番に考えてあげられなくて、ごめんなさい……」

ああ──

ダメだ。

私は本当に、ダメな母親だ。

今は娘《むすめ》と向き合って、心の底から謝罪しなきゃいけないのに──

それなのに――タッくんのことばかり頭に浮かんできてしまう。

笑った顔、怒《おこ》った顔、悲しい顔、泣いてる顔、昔の幼い顔、今の精悍《せいかん》な顔……たくさんのタッくんが思い出の中から顔を出し、胸をいっぱいにする。

彼《かれ》を想《おも》う気持ちが溢《あふ》れ出《だ》して止められなくなっていく――

「……タッくんが好き……大好きなの。付き合いたい、これからずっと一緒《いっしょ》にいたい……絶対に失いたくない……だから、だから、美羽《みう》……ごめんっ、本当にごめん」

タッくんのことは諦《あきら》めて……！

と。

私は言った。

恥《はじ》も外聞もなく、見栄《みえ》も尊厳もなく、母としての仮面も大人としての仮面も全て脱《ぬ》ぎ捨《す》てて、あるがままの飾《かざ》らない本音をぶちまけた。

世間知らずの子供みたいに、わがままを訴《うった》えて泣き喚《わめ》いた。

魂《たましい》を絞《しぼ》り出《だ》すように叫《さけ》んだ後は一気に力が抜《ぬ》けて、バランスを崩《くず》してその場に倒《たお》れてしまいそうになる。

でも――ふわり、と。

そんな私を、なにかが優《やさ》しく包《つつ》み込《こ》んで、支えてくれた。

まるで――泣き喚《わめ》く子供を、母親が抱《だ》き締《し》めるみたいに。

「いーよ」

耳元に響《ひび》いたのは、軽く穏《おだ》やかな声だった。

羽根のように軽く、美しい声音《こわね》だった。

「そこまで言うならしょうがない。タク兄《にい》のことはママに譲《ゆず》ってあげよう」

本当に、本当に軽い口調で言いながら、私を抱《だ》き締《し》めていた美羽《みう》が、ゆっくりと体を離《はな》す。

泣き出してからずっと見られずにいた娘《むすめ》の顔が、ようやく目に入る。

「あーあ、こんなに泣いちゃって。ママってば、子供みたい」

服の袖《そで》で涙《なみだ》を拭《ぬぐ》ってくれる。

美羽《みう》は——笑っていた。

満足そうに幸福そうに、微笑《ほほえ》んでいた。

「よかった。ママがやっと『自分の気持ち』をわかってくれて」

冗談《じょうだん》みたいに泣いてしまった私が落ち着くまで、私達《わたしたち》は二人で並んでソファに座《すわ》っていた。

泣き疲《つか》れて放心状態となってしまった私は、つい美羽《みう》に体を預けてしまっていた。

そんな情けない私の頭に、美羽《みう》は手を乗せて優《やさ》しく撫《な》でてくる。

なんだか、私が娘《むすめ》で、美羽《みう》がママになったみたい——

「……ねえママ」

優《やさ》しい声で、美羽《みう》は言う。

母親が娘《むすめ》に絵本を読み聞かせるような、そんな優《やさ》しく落ち着いた口調で。

「覚えてる？　私が初めて、ママのこと『ママ』って呼んだ日のこと」

「……覚えてるわよ」

忘れるわけもない。

というか……最近美羽《みう》に注意されたばかりだ。

酔《よ》っ払《ぱら》うといつもその話を始めて大泣きするって。

「本当のママとパパが死んで、一ヶ月ぐらい経《た》った頃《ころ》だったかな？　私、夜中に目が覚めて、大泣きしたことがあったよね。死んだパパとママの夢を見たせいで……わけがわかんなくなって泣いちゃった……」

「そうだったわね」

今でも鮮明《せんめい》に覚えている。

夜中に起きた美羽《みう》が——火がついたみたいに泣いた。

両親の葬式《そうしき》でも、涙《なみだ》一つ流さなかった子がワンワンと声を上げて泣いた。

「さすがに内容まで覚えてないけど……たぶん、幸せな夢だったんだよね。死んだパパとママと、すごく楽しく遊んでる夢。目が覚めて、それが全部夢だってわかって……パパとママがもういないって改めて突《つ》きつけられたような気がして……それで、悲しくて泣いちゃった」

幼かった美羽《みう》は、両親の死をすぐには理解できなかったのだろう。

だから涙《なみだ》を流さなかったし、私との新生活にも不自然なぐらいに馴染《なじ》んだ。

でもそれは――決して健康的なことではなかったと思う。

両親の死を受け入れられずに、心が麻痺《まひ》していただけ。

過負荷《かふか》のせいで麻痺《まひ》していた心が――両親の夢をきっかけとして、正常に働き出したのだ。

「ママはその夜、ずっと私を抱《だ》き締《し》めて慰《なぐさ》めてくれたけど……全然、気持ちが収まらなくてさ。だから次の日の夜――家出しちゃったんだよね」

その瞬間《しゅんかん》の後悔《こうかい》と恐怖《きょうふ》は、今でも鮮明《せんめい》に思い出せる。

夕食の準備に追われていたら――ふとした瞬間《しゅんかん》に美羽《みう》が消えていた。

玄関《げんかん》の靴《くつ》がないことから、外に出たことがわかった。

「大人達《たち》の中には、パパ達《たち》のこと『死んだ』じゃなくて、『遠いところに行った』とか『お空の上で暮らしてる』とか柔《やわ》らかく言う人が多かったからさあ。五歳《さい》の私は、ちょっと期待しちゃったんだよね。もしかしたらどこかにパパとママがいるかもしれない、って」

「……………」

「だから……探しに行こうと思っちゃった。私が探しに行けば、パパとママの方も私を探して、見つけてくれるかもしれないって……そう思っちゃった。ほんと……バカだよね」

私は小さく首を振《ふ》る。

五歳児《さいじ》のそんな気持ちを、バカだと笑い飛ばせるはずがない。

「まあ結局、子供の考えることだからさ。家を出て十分ぐらいで寂《さび》しくなっちゃって、でも暗くて帰り道がわからなくなっちゃって、怖《こわ》くて焦《あせ》りだしたら転んで怪我《けが》して……その結果、近くの公園の遊具のそばで蹲《うずくま》って泣いてるという、よくある失敗パターン」

今の美羽《みう》は笑い話のように語るけれど、五歳《さい》の美羽《みう》にとっては、本当に辛《つら》く寂《さび》しいことだったのだと思う。

「空はどんどん暗くなるし、擦《す》りむいた膝《ひざ》は痛いし……怖《こわ》くて怖《こわ》くて、ずっと泣いてた。ずっと、死んじゃったパパとママを呼んでた――そしたら」

そこで美羽《みう》は、まっすぐ私を見つめた。

「ママが――私を見つけてくれた」

「…………」

「困り果てて泣いていた私を、ママが探し出して助けてくれた」

「……私だけの力じゃないわよ。タッくんや朋美《ともみ》さんも一緒《いっしょ》になって探してくれたから」

時間にすれば、一時間にも満たないような家出だった。

でも幼い子供にとって、それがどれだけの恐怖だったかはわからない。もっと早く見つけてあげたかったと、今でも後悔《こうかい》している。

「私を見つけたママは、最初はすごく怒《おこ》ってたけど、すぐにワンワン泣いて抱《だ》き締《し》めてくれた。そして私も……一緒《いっしょ》になってワンワン泣いた」

「……そうだったわね」

夜だっていうのに人目も憚《はばか》らず、大声で泣いてしまったんだった。

「その日から、だよ。私がパパとママが死んだこと、ちゃんと受け止めることができたのは。そして──私はこの世で一人じゃないって思えたのは。だから『綾子《あやこ》おばさん』じゃなくて、ちゃんと『ママ』って呼ぼうって思ったの」

「…………」

「あの日から、ママは私の、本当のママだった」

美羽《みう》は言った。

目を一度閉じてからゆっくりと開き、過去ではなく今を見つめる。

「小さい頃《ころ》に両親が死んじゃってさ、世間一般《いっぱん》からすれば『かわいそう』な人生歩んでるのかもしれないけど……この十年、寂《さび》しいことなんて全然なかったよ。楽しいことばっかりだった。すごく楽しく生きてきた。全部全部、ママのおかげだよ。だからママは、ダメなママなんかじゃない」

「美羽《みう》……」

「前にも言ったけど――私はママのこと、本当のママだと思ってる。ママが私の幸せを願うくらい、私だってママの幸せを祈《いの》ってる。だから……私に遠慮《えんりょ》することなんてない。もっともっと、自分のことだけ考えてほしかった」

「自分の……？」

問い返す私に、美羽《みう》はムスッと頬《ほお》を膨《ふく》らます。

「ママってば、すーぐ自分より私のことばっかり優先するんだもん。今回だってそうだよ。まあ、けしかけた私も悪いんだけど……考えてるのは私の気持ちばっか。自分がどうしたいかってこと、すっごく蔑《ないがし》ろにしてる」

全然――自分のことをわかろうとしてない。

と美羽《みう》は言った。

「…………」

ああ、そうか。

『わかってない』って、そういう意味だったんだ。

美羽《みう》の気持ちや考えをわかろうとする余り――ずっと自分の気持ちから目を逸《そ》らしていた。

最後の最後まで、自分と向き合うことができなかった。

「私は、ママの剥《む》き出《だ》しの本音が聞きたかった。私に一切遠慮《いっさいえんりょ》しない本音が……母親としてじやない、歌枕綾子という一人の女としての声が、聞きたかった。だから……嬉《うれ》しかったよ。ママの熱烈《ねつれつ》な愛の叫《さけ》びが聞けて」

「……っ」

「いやー、すごかったよね。何回『好き』っていうのかと思った。聞いてるこっちが恥《は》ずかしくて死にそうになっちゃった」

「か、からかわないでよっ」

茶化すように言われて、私は恥《は》ずかしくてたまらなかった。

美羽《みう》はくすくす笑った後、落ち着いた声で続ける。

「ママはさ……タク兄《にい》を意識し始めたのはこの二ヶ月、とか言ってたけど、そんなことないと思うよ」

「え……」

「ずっと昔から当たり前のようにそばにいたから、ママが気づいてなかっただけなんだよ。タク兄《にい》の告白は、ただのきっかけでしかない。十年……タク兄《にい》と一緒《いっしょ》に過ごしてきた日々があったからこそ、今、がっつりと恋《こい》に落ちちゃったんじゃないの？」

「…………」

「あはは。それこそ、幼馴染《おさなな じ》み同士の恋愛《れんあい》みたいだよね」

幼馴染《おさなな じ》み同士の恋愛《れんあい》。

そばにいることが当たり前すぎて、その大切さに気づけない。

「ママはちゃんと、立派に恋《こい》してると思うよ。だから誰《だれ》に恥《は》じることなく、誰《だれ》に遠慮《えんりょ》することもなく、堂々とタク兄《にい》が好きだって叫《さけ》んでいいんだよ」

「……でも、美羽《みう》。本当にいいの」

私は言う。

どうしても拭《ぬぐ》い去《さ》れない不安と遠慮《えんりょ》を、口に出してしまう。

「だってあなた……タッくんのことがずっと好きだったんじゃないの？」

「あー……それなんだけどさ」

ポリポリと頭を掻《か》きながら、

「別に好きじゃないよ」

と、美羽《みう》は言った。

視線を逸《そ》らしつつ、なんだか気まずそうに。

「……へ？」

「なんかママが一人で盛り上がって熱弁してるから否定するタイミングがなくて、ずっとスルーしてたけど……私、タク兄《にい》のことは好きでもなんでもないよ。前にも言ったけど、男としてはなんとも思ってないから」

「……え？　え？　え？」

「ママも言ってた通り、ここ最近のアレは全部、ママをけしかけるための演技だから。タク兄《にい》のことは、全然なんとも思ってない」

あっけらかんと言う。

私はもう、わけがわからない。

「じゃ、じゃあ——約束ってなんなの？」

「約束……」

「旅行のとき、ドアの前で言ってたでしょ？『タク兄《にい》、約束のこと覚えててくれたんだ』って、すごく嬉《うれ》しそうに……」

「……あー」

美羽《みう》はさらに気まずそうな表情となり、天を仰《あお》いだ。

「やっぱりママ、アレ、聞こえてたんだ」

「……約束って、小さい頃《ころ》にタッくんとした、『結婚《けっこん》の約束』のことなんじゃないの？　あの額縁《がくぶち》に入れた絵を、彼《かれ》に見せたときにしたって言ってた……」

「……もしかしてママ、私の部屋にあったあの絵、見た？」

「う、うん……」

「あー……そっか、そうだよね。最近見直した後、すごく適当に片付けてたもんね。そりゃ見られるか……」

困り果てたような顔となる美羽《みう》。

「えーっと……確かに、タク兄《にい》とはあの絵のことで約束したよ？　結婚《けっこん》に関する約束を。タク兄《にい》もそのこと覚えててくれたから、つい嬉《うれ》しくて笑っちゃって……。でも、あの絵は実は――

あー、うーん。なんて言えばいいのかなあ……」

気まずそうに呻《うな》った後、逃《に》げるようにソファから立ち上がる。

「……あっ」

視線を宙に彷徨《さまよ》わせた後、美羽《みう》はあるものを発見する。

テーブルのところまで行くと、置いてあったものを手に取った。

それは――変身機銃《きじゅう》『ワクワクドッキンマグナム』。

午前中にここで遊んだ後、片付けるのをすっかりと忘れていた。

美羽《みう》は困ったように笑いながら――銃《じゅう》を構えてボタンを押《お》す。

ヒユミンボイスで、三十六話の名台詞《ぜりふ》が流れた。

――私の切り札は――リバーシブルよ。

第九章
約束と成就

◆

翌日——

私は聡也《さとや》さんから呼び出された。

場所は以前も待ち合わせに使った、駅前の喫茶店《きつさてん》。

話を聞く限り……どうも私を心配してのことらしい。

タク兄《にい》から私のことで相談を受けて、『美羽《みう》ちゃんを信じろ』的なアドバイスをしてみたものの、冷静に考えたらだいぶ無責任なことを言ってしまったのではないかと心配になり、こうしてお茶のついでに様子を見に来てくれたそうだ。

なんとも律儀《りちぎ》なお人だ。

まあ結論から言えば——ちょっと遅《おそ》かったんだけど。

私がここ最近やっていた作戦やらなんやらは、全部綺麗《きれい》に解決してしまった。

「……なるほどね、もう全部終わったわけか」

話を聞き終えた聡也《さとや》さんは、コーヒーを一口飲んだ後、苦笑《くしょう》気味に言った。

「結局全ては、美羽《みう》ちゃんの狙《ねら》い通りに事が運んだわけか。なんとも恐《おそ》ろしい高校生だね、美《み》羽《う》ちゃんま一

「あはは。買いかぶりすぎですよ」

軽く笑い飛ばしつつ、手元のコーヒーフラペチーノをストローでくるくるとかき混ぜる。

「全然思ってたようになんていきませんでした。我ながら杜撰《ずさん》な計画だったと反省してます。ママもタク兄《にい》も予想外の行動ばっかりするし……。過程はさんざんだったけど、運よく結果だけ狙《ねら》い通りになっただけです」

「結果……綾子《あやこ》さんが、自分の気持ちを自覚するってことかい？」

「はい、そうです」

「ふーむ。わかるようで、わからないような話だなあ」

不思議そうな顔をする聡也《さとや》さん。

「きみの望みが本当にそれだけなら、もっといくらでも簡単でわかりやすい方法があったんじゃないのかい？　どうしてわざわざ、当て馬になって二人をけしかけるような、回りくどい真《ま》似《ね》を……？」

「……だって、ズルいじゃないですか」

私は言った。

「フェアじゃないな、って思ったんです」

「フェアじゃない？」

「タク兄《にい》の方は、あんなにも全力で愛を訴《うった》えて、ママと付き合うためにいろいろ努力してるっていうのに……ママの方が『そこまで言うなら、じゃあ』みたいなノリで付き合うなんて、なーんか対等じゃないなあ、って」

こんな気持ちが単なる私のエゴだってことは十分わかってる。

それでも、なんとなく嫌《いや》だった。

最初のデートを終えて帰ってきた日――タク兄《にい》から好意を寄せられることを当然みたいに思い始めていたママに、無性《むしょう》に腹が立ってしまった。

「だからどうせなら、ママにも全力で恋愛《れんあい》してもらいたくって。たとえば――娘《むすめ》の初恋《はつこい》相手だろうと容赦《ようしゃ》なく奪《うば》い取《と》る、みたいな……そのぐらい本気の恋愛《れんあい》をしてほしかった。本気の本気で……タク兄《にい》のことを好きだって叫《さけ》んでほしかった」

「それで美羽《みう》ちゃんは、巧《たくみ》が好きなフリをしてたんだね。綾子《あやこ》さんの恋《こい》のライバルになって、彼女《かのじょ》を焚《た》きつけるために」

「そんなとこです。ライバルがいなくてぬるま湯に浸《ひた》ってたママには、危機感と嫉妬《しっと》心を覚えるライバルが必要だと思ったんで」

まあその結果は……あんまり上手《うま》くいかなかったんだけど。

なんかママが思ったより信じてくれなくて、速攻《そっこう》で「私をけしかけるための演技なんでしよ?」とかバレちゃったし。

ほんと、全体的にただの結果オーライなだけだったなあ。

でもまあ、これで私もお役御免ですよ。よかったよかった」

「──本当に？」

聡也《さとや》さんは言った。

ずっと浮《う》かべていた薄《うす》い笑《え》みを消し、真剣《しんけん》な目をして。

「本当に、これでよかったのかい？」

「どういう意味ですか？」

「だって美羽《みう》ちゃん──本当は、巧《たくみ》のことが好きなんじゃないの？」

「…………」

「二人を応援《おうえん》するためにあえて巧《たくみ》が好きなフリをしてた……でもそれは、本当にフリだったのかな？　きみが執拗《しつよう》なぐらい二人の関係を進展することを急《せ》かしていたのは……自分の気持ちに踏《ふ》ん切《ぎ》りをつけて、巧《たくみ》のことを諦《あきら》めるためだったんじゃ──」

「全然違《ちが》いますよ」

私は言った。

軽い口調で、失笑《しっしょう》するように言った。

「見当違《けんとうちが》いもいいところです。私の目的は最初から一貫《いっかん》して、二人がとっととくっつくこと。ただ、それだけです。タク兄《にい》のことはなんとも思ってません」

「…………」

聡也《さとや》さんはまだ訝《いぶか》しげな顔をしていたので、私は一息《ひといき》吐いて続ける。

「まあ…、そりゃあ私も女ですからねえ……。タク兄《にい》のこと、異性として一切《いっさい》意識してないって言えば嘘《うそ》になりますよ。でも……家族愛みたいな感情はあっても、恋愛《れんあい》感情みたいなものは、今はほとんどないです」

だって、と。

軽く肩《かた》をすくめて、私は言う。

「私はもう、とっくの昔にフラれてますから」


九年前――

「美羽《みう》ね、大きくなったらタク兄《にい》と結婚《けっこん》する！」

六歳《さい》だった私は、なんの恥《は》じらいも衒《てら》いもなく、でも極《きわ》めて真剣《しんけん》な気持ちで、大好きなお兄ちゃんに告白をした。

子供にこんなことを言われたら、大多数の大人が適当に流すことだろう。子供の機嫌《きげん》を損《そこ》ねないように、当《あ》たり障《さわ》りなく肯定《こうてい》的な返答をするのがベター。むしろ真面目に答える方がどうかしている。

でも――

「ご、ごめん、美羽ちゃん！」

当時十一歳《さい》だったタク兄《にい》は、六歳児《さいじ》の天真爛漫《てんしんらんまん》なプロポーズに対し、これ以上ないぐらい真面目に頭を下げた。

「結婚《けっこん》したいって言ってくれてありがとう。僕《ぼく》、すごく嬉《うれ》しいよ。でも……ごめん、僕《ぼく》、美羽《みう》ちゃんとは結婚《けっこん》できない……」

本当に申し訳なさそうに、タク兄《にい》は言う。

「僕《ぼく》は、綾子《あやこ》ママが好きなんだ」

恥《は》ずかしそうに顔を赤らめるけど、でもその目はすごく真剣《しんけん》だった。

私は目をぱちくりとさせてしまう。

「タク兄《にい》……ママのことが好きなの？」

「……うん」

「そうだったんだ……」

「うん……僕《ぼく》、いつか綾子《あやこ》ママと結婚《けっこん》したいんだ」

まるで歯止めを失ったみたいに、歯の浮《う》くような愛の台詞《せりふ》を続ける。

「今はまだ無理だけど……大きくなって、綾子《あやこ》ママに見合うような立派な大人になれたら、ちゃんと『好き』って告白しようと思ってる」

「…………」

「だから……ごめん。美羽《みう》ちゃんの気持ちは本当に嬉《うれ》しいんだけど、僕《ぼく》は美羽《みう》ちゃんとは結婚《けっこん》できない……」

誠実に、笑ってしまうぐらい誠実に、タク兄《にい》は言った。

六歳児《さいじ》が放ったプロポーズに、きっちり誠心誠意を込《こ》めてお断りをした。

そして私はというと——正直、ショックはあまり受けてなかった。

ただ驚《おどろ》いて、呆気《あっけ》に取《と》られた。

でも、段々と相手の言葉の意味を理解していき——

「タク兄《にい》は、ママと結婚《けっこん》するの？」

「……できたら、したいと思ってるよ。も、もちろん綾子《あやこ》ママがどういうかはわからないんだけどね。僕《ぼく》みたいな年下は、十年経《た》っても相手にしてもらえないかもしれないし……」

「じゃあ……もしもママとタク兄《にい》が結婚《けっこん》したら——タク兄《にい》が美羽《みう》のパパになるの!?」

六歳《さい》の私は問うた。

興奮を抑《おさ》えきれずに、問うた。

「う、うん……そうなるね」

タク兄《にい》は照《て》れ臭《くさ》そうに頷《うなず》く。

「僕《ぼく》と綾子《あやこ》ママが結婚《けっこん》したら、僕《ぼく》は美羽《みう》ちゃんの新しいパパになる。そして三人で一緒《いっしょ》に、家族として暮らしていけたらいいなって思ってる」

「それいい！　美羽、そっちの方がいい！」

歓喜《かんき》と興奮のままに叫《さけ》ぶ、六歳《さい》の私。

「美羽《みう》、タク兄《にい》と結婚《けっこん》するより、タク兄《にい》がパパになってくれた方が嬉《うれ》しい！」

それは――嘘偽《うそいつわ》りのない本音だった。

六歳《さい》だった私の、心からの叫《さけ》び。

当時の私は――本当にそう思っていた。

タク兄《にい》と結婚《けっこん》する未来より――ママとタク兄《にい》が結婚《けっこん》して、私が娘《むすめ》として暮らす未来の方が、なんだかとても素敵《すてき》に思えた。

大好きなお兄ちゃんと大好きなママが、私のパパとママになる。

二人の間に私がいて、最高のパパとママを独《ひと》り占《じ》めできる。

そんな未来の方が、ずっと幸せに思えてしまった――

「頑張《がんば》ってね、タク兄《にい》！　絶対ママと結婚《けっこん》して！　美羽《みう》、すっごく応援《おうえん》するから！」

「ありがとう。ま、まあ……まだまだ先の話なんだけどね。少なくとも、二十歳《はたち》ぐらいは超《こ》えないと、綾子《あやこ》ママも相手にしてくれないと思うし……」

「そうだっ！　お願いごと、ちゃんと書き直さないと！」

私はテーブルにあった額縁《がくぶち》へと手を伸《の》ばす。

「タク兄《にい》、これ外すの手伝って！　美羽《みう》、新しいの描《か》く！」

「え……で、でも、せっかく上手に描《か》けてるのに……」

「だいじょぶ！　裏に描《か》くから！」

「いやでも……ちょ、ちょっと待って美羽《みう》ちゃん！　あの……こ、このことは綾子《あやこ》ママには絶対内緒《ないしょ》だからね！」

「え？　なんで？」

「……なんでも。お願いだから秘密にして。二人きりの秘密にしよう」

「二人きりの秘密……うんっ。わかった！　絶対ママには言わない！」

「お願いね、約束だよ」

「うんっ、約束！　タク兄《にい》も約束だよ！　大きくなったら、絶対ママと結婚《けっこん》してね！」

「……うん、わかった」

こうして私達《わたしたち》は、約束を交《か》わしあった。

二人だけの、結婚《けっこん》の約束。

タク兄《にい》とママが結婚《けっこん》するという、約束。

それから——私達《わたしたち》は額を外して中の絵を取り出した。私はその裏に新しい絵を描《か》き、字を教えてもらいながら新しい願い事を書いた。

新たに更新《こうしん》された、私のお願い。

将来の夢であり、純粋《じゅんすい》な祈《いの》りであり——そして、二人の約束。

書き終えた後は裏返して見えないようにしてから、額縁《がくぶち》に戻《もど》した。

ママには絶対に見つからないように。


喫茶店《きつさてん》で聡也《さとや》さんと別れた後の帰り道――

家へと向かう道すがら、私はスマホを取り出した。

「あっ、もしもしタク兄《にい》？」

『どうした？』

「別に大した用事でもないんだけどさ。一応、報告しとこうかと思って」

私は言う。

「タク兄《にい》に好意あるフリしてママをけしかける作戦――もうやめるから」

『…………』

「思ったより上手《うま》くいかなかったからねー。なんか飽《あ》きてきちゃったんだ。だからおしまい」

『……またずいぶんと急な話だな』

「あれ？　なんかテンション低いね。もっと喜ぶかと思ったのに……あっ。もしかしてちょっと惜《お》しくなっちゃった？　やっぱり現役《げんえき》ＪＫに好かれてるっていうのは、演技でも嬉《うれ》しかったりした？」

『お前の身勝手さに呆れ果ててるだけだ……』

「あははっ。そっかそっか」

快活に笑った後、少し間を空けてから、

「タク兄《にい》……ありがとね」

と、私は言った。

『礼を言われるようなことをした覚えはないぞ』

「うん。だから、だよ。なにもしないでいてくれてありがとう」

ここ最近のタク兄《にい》は——不自然なぐらいなにもしなかった。

自分で言うのもなんだけど……私は今回、かなり暴走気味だったと思う。ママやタク兄《にい》を不安にさせるような行動ばかりしていたと思う。

でも——タク兄《にい》は、止めなかった。

説得することも問いただすこともしなかった。

自分なりに考えて動く私を、ただ黙《だま》って見ていた——

「私のこと、信じて見守ってくれてたんでしょ？」

『……別に。真面目に付き合うのも面倒《めんどう》だから放置してただけだよ』

「素《す》直《なお》じゃないなあ」

私はくすくすと笑った後、

「まあとにかく――作戦は終了《しゅうりょう》だから」

改めて、まとめるようにそう言った。

「これ以上変なことはしないから、安心して」

『そりゃ安心だな』

「それに……たぶんもう必要ないしね」

付け足した言葉は、かなりの小声だった。

『え？　なに？』

「ううん。なんでもない」

一度深く息を吸ってから、私は言う。

「タク兄《にい》。早くママと結婚《けっこん》できるといいね」

『……っ。お前……、あー……まあ、そうだな』

照《て》れ臭《くさ》そうにするけど、否定はできないタク兄《にい》だった。

「ちゃんと約束したんだから、守ってくれないとダメだよ」

『……善処するよ』

「ふふふっ。じゃあ頑張《がんば》ってね、未来のパパ」

そんな冗談《じょうだん》めかした台詞《せりふ》で、会話を終えた。

いまとても穏《おだ》やかで、清々《すがすが》しく、満ち足りた気分だった。

家へと向かう道——少しの風が吹いた。

熱を孕《はら》みながらもどこか清涼《せいりょう》感のある風が、私の体を通《とお》り抜《ぬ》けていく。

見上げれば、どこまでも青く高い夏の空が広がっていた。

天国なんてものがあるかどうかは知らないけれど——もしあるとするなら。

そこにいるはずの死んじゃったパパとママは、すごく気持ちのいい笑顔《えがお》で、安心したように私を見つめてくれている。なんだか、そんな気がした。

歌枕《かつらぎ》美《み》羽《う》。

十五歳《さい》。

早くに両親を亡《な》くしてしまい、世間からはなんとなく不幸だとか『かわいそう』だとか思われがちだけれど——

大好きなママがいて、そのママを本当に大好きな男の人がいる。

その人は私のことも大好きで、娘《むすめ》として本気で愛そうとしてくれている。

私のことが大好きなパパとママがいて、そして私も、もちろん二人のことが大好き。

だから私は、たぶん世界で一番幸せな娘《むすめ》なんだと思う。

♥

コンコン、と。
誰《だれ》もいないとわかっているのに、またもクセでノックをしてしまう。
部屋に入り、美羽《みう》のタンスに洗濯《せんたく》物をしまっていく。
部屋から出ようとすると——壁《かべ》に飾《かざ》ってある絵が目に入った。
「…………」
自然と笑《え》みが零《こぼ》れてしまう。
幸福な気持ちが、溢《あふ》れそうになってしまう。
昨日美羽《みう》に見せてもらった、あの絵の裏。
額縁《がくぶち》の中にずっと隠《かく》れていた、本当の願い。
幼い美羽《みう》が心から望み、ずっと大切にしていたという、一つの約束。
もう隠《かく》す必要はないからと、今では裏返しにして飾《かざ》ってある。
リバーシブルだった——ある意味での切り札。
『ままとたくこいがけっこんして

みうとさんにんでかぞくになれますように』
絵の中には笑顔《えがお》の私とタッくんがいて、その間に少し小さな美羽《みう》がいる。
三人で仲良く、手を繋《つな》いでいる。
これが——六歳《さい》の美羽《みう》が願った夢。
ずっと大切にしていた約束。
絵を見ていると——様々な感情がこみ上げてくる。
嬉《うれ》しいような恥《は》ずかしいような、一本取られたみたいな。
美羽《みう》とタッくんの二人は、小さい頃《ころ》に交《か》わした約束を胸に生きてきた。
私に内緒《ないしょ》で交《か》わした約束を、宝物みたいに大事にし続けてくれた。
そんな娘《むすめ》を思うといろんな気持ちが絡《から》まって胸が切なくなるけれど、
「……ありがとう、美羽《みう》」
口を突《つ》いて出たのは、感謝の言葉だった。
ありがとう。
私の子供になってくれて、ありがとう。
私の幸せを願ってくれて、本当にありがとう。

エピローグ

♥

その日の夜は、タッくんが家庭教師に来る日だった。

美羽《みう》は二階の自室に籠《こ》もり、ほとんど手をつけてなかった宿題を慌《あわ》ててやっている。今日までにやっておくように言われたものをすっかり忘れていたらしい。

私はリビングのソファに座《すわ》って、彼《かれ》の到着《とうちゃく》を待っていた。

「……タッくん、早く来ないかなあ」

不思議な気分だった。

胸が高鳴っているのに、どこか落ち着いている。頭はふわふわとして熱に浮《う》かされたようなのに、足下《あしもと》はしっかりと安定している。

たぶん、自分の気持ちに一本芯《しん》が通ったからだと思う。

もうブレない。

お節介《せっかい》焼きな娘《むすめ》のおかげで、私はようやく自分の気持ちに気づけた。

娘《むすめ》にあれだけ後押《あとお》しされたんだ。

これ以上、グダグダするわけにはいかない。

「…………」

目を閉じれば――これまでの全てが脳裏に蘇る。

出会ってからの十年間。

そして、告白されてからの二ヶ月。

私の記憶《きおく》の中にはいろんな彼《かれ》がいる。いろんな年代で、いろんな顔をしている。その全てが輝《かがや》いて見えるけれど、一際輝《ひときわかがや》いて見えたのは……やはりここ最近の顔だった。精悍《せいかん》な青年の顔つきとなり、こんな私を好きだと言ってくれた彼《かれ》の顔だった。

好き。

タッくんのことが、大好き。

本当に不思議なもので、一度認めてしまうと――この気持ちを恋《こい》だと認めてしまうと、すごくしっくりときた。

あんなにも必死に誤魔化《ごまか》そうとしていたのが嘘《うそ》みたい。

もしかしたら私は、自分で気づいてなかっただけで、ずっと前からタッくんのことが好きだったのかもしれない。十以上年下の男の子のことを、最初から一人の男として、恋愛《れんあい》対象として見て――

「……なんて、それじゃ犯罪か」

セルフツッコミをして、くすりと笑ってしまう。なんだか恥《は》ずかしい。自分でも自覚できるぐらい、浮《う》かれてしまっている。

浮《う》かれて、上機嫌《じょうきげん》になって、舞《ま》い上《あ》がっている。
ああ——
会いたい。早く彼《かれ》に会いたい。
早く、早く、早く——
ピンポーン、とチャイムが鳴る。
「——っ」
来たっ。
私は跳《は》ねるようにソファから立ち上がり、玄関《げんかん》へと駆《か》けていく。
「綾子《あやこ》さん、こんばんは」
彼《かれ》の顔を見た瞬間《しゅんかん》——胸が張《は》り裂《さ》けそうになる。
ああ、タッくん。
好き。
好き好き好き。
大好き……!
私は今まで、なにを迷っていたんだろう。
私は今まで、なにを恐《おそ》れていたんだろう。
こんなにも素敵《すてき》な男からの告白に即答《そくとう》できなかったなんて、信じられない。

でも——もう大丈夫。
私はもう、答えを見つけた。
娘《むすめ》のおかげで、自分の本当の気持ちに気づくことができた。
「タッくん……」
私は——一歩踏《ふ》み出《だ》す。
もう迷わない。
もう恐《おそ》れない。
彼《かれ》は私のことが大好きで、そして私も彼《かれ》のことが大好き。
ただそれだけの話で、それだけが世界の全て。
なにも私達《わたしたち》を阻《はば》むものはない。
だったらあとは、この胸を焼《や》き焦《こ》がすような感情に身を委ねてしまえばいい。
本能のままに動けば、きっと全てが上手《うま》くいく。
大丈夫《だいじょうぶ》。
なにも心配なんていらない。
私達《わたしたち》にはもう、言葉はいらない——

……かくして。

美羽《みう》との一件のせいで完全に変なテンションとなっていた私は、あらゆるステップをすっ飛ばしていきなり接吻《せっぷん》をかますという暴挙に出てしまった。

今まで抑《おさ》えつけていた反動なのかなんなのか、頭も心も完全に恋愛《れんあい》脳モードに入ってしまい、アクセルべた踏《ぶ》みで突《つ》っ走《ぱし》ってしまった。

当然ながらこの早まった行動のせいで——諸々《もろもろ》のステップを飛び越えて行きすぎた愛情表現をしてしまったせいで……私達《わたしたち》にはまた一波乱が起こる。

私は後になって、つくづく思い知る。

やっぱり言葉は必要だった、と。

あとがき

『親の心子知らず』というのは『親がどれだけ深い愛情を持っているか子供はなかなか理解しない』みたいな意味ですけれど、一つのパターンとして『子供の方はきちんと親の愛情を理解してるんだけど、理解していることが親に伝わってない』みたいな場合もあるのかなと思います。メッセージを送って既読《きどく》にならなければ不安になるのと同じで——送った愛情が子供に届いていたとしても、『届いた』という知らせがないと、送った側はどうしても不安になってしまう。愛情にも既読機能《きどくきのう》がついていれば便利なんですけど、残念ながらそんなものはないので……だからこそ、きちんと向き合うことが大事なんだと思います。コミュニケーションを重ねる以外、愛情の受領確認《じゅりょうかくにん》をする方法はないのかな、と。親子でも、それ以外の関係でも。

そんなこんなで望公太《のぞみこうた》です。

三十代ママとのラブコメ第三弾。今回は娘も交えて三角関係……と見せかけて、実際には三人全員が同じ形の幸福を望んでいたというお話でした。

一巻を書いた時点で想定していたのがこの三巻の物語までで、もし部数が振るわなかったら今回で綺麗《きれい》に畳《たた》む予定でしたが……予想以上に伸びたのでまだまだ続きます！　ここからは完全に未知の世界なので、未来の僕に乞うご期待！　二人がこれからどうなるか僕も楽しみです！

なお、今回登場しました『スパリゾートハワイアンZ《ゼット》』ですが……言うまでもなく、福島《ふくしま》県《けん》いわき市の『スパリゾートハワイアンズ』がモデルです。でもモデルはあくまでモデルであり、現実の施設とは違う部分も多々ありますので悪しからず。

唐突に告知。『ママ好き』のコミカライズが漫画アプリ『マンガPark』にてそろそろ始まります！　パソコンでも読めちゃいますので、何卒よろしくお願いします！

以下謝辞。

担当の宮崎《みやざき》様。今回もお世話になりました。毎度いろいろなわがままに付き合っていただきありがとうございます。ぎうにう様。今回も素晴らしいイラストをありがとうございました。水着イラストが本当に最高です。あと……特典SSとかでVtuber動画のことネタにしまくってすみません……。

そして、この本を手に取ってくださった読者の方に最大級の感謝を。

それでは、縁があったら四巻で会いましょう。

望公太《のぞみこうた》

娘じゃなくて私《ママ》が好きなの!?
3巻です。
「ぎうにうさんも後書きを
書きませんか?」と
担当さんにお誘い頂いたので
ページを頂きました。
今巻は親子回でしたね!
色々とエモい妄想が捗ってしまい、
表紙のラフで特に指定されていない
⇨の絵を描いたところ、
本編に似たシーンを作って頂くという
ミラクルが発生しました。
いんやあああもぉぉぉおぉ…!!
最高でしたね!!!
ママショタももちろんですが
ママロリも最高ですね!!!
これだから妄想シーンを考えるのは
たまりません。
望先生、いつもすてきなお話を
ありがとうございます。
コミカライズも動きだして
これから更にママ好きの作業が
楽しくなりそうです。
引き続きママ達の応援、
何卒よろしくお願い致します。

◉望 公太著作リスト

「娘じゃなくて私《ママ》が好きなの!?」（電撃文庫）
「娘じゃなくて私《ママ》が好きなの!?②」（同）
「娘じゃなくて私《ママ》が好きなの!?③」（同）

本書に対するご意見、ご感想をお寄せください。

ファンレターあて先
〒102-8177　東京都千代田区富士見2-13-3
電撃文庫編集部
「望 公太先生」係
「ぎうにう先生」係

本書は書き下ろしです。

電撃文庫

娘《むすめ》じゃなくて私《ママ》が好《す》きなの⁉③

望《のぞみ》 公太《こうた》

◇◇◇

2020年9月10日　初版発行

発行者　青柳昌行
発行　株式会社KADOKAWA
〒102-8177　東京都千代田区富士見2-13-3
0570-002-301（ナビダイヤル）
装丁者　荻窪裕司（META＋MANIERA）
印刷　株式会社暁印刷
製本　株式会社ビルディング・ブックセンター

ISBN978-4-04-913320-2　C0193　Printed in Japan

電撃文庫　https://dengekibunko.jp/

電撃文庫創刊に際して

文庫は、我が国にとどまらず、世界の書籍の流れのなかで〝小さな巨人〟としての地位を築いてきた。古今東西の名著を、廉価で手に入りやすい形で提供してきたからこそ、人は文庫を自分の師として、また青春の想い出として、語りついできたのである。

その源を、文化的にはドイツのレクラム文庫に求めるにせよ、規模の上でイギリスのペンギンブックスに求めるにせよ、いま文庫は知識人の層の多様化に従って、ますますその意義を大きくしていると言ってよい。

文庫出版の意味するものは、激動の現代のみならず将来にわたって、大きくなることはあっても、小さくなることはないだろう。

「電撃文庫」は、そのように多様化した対象に応え、歴史に耐えうる作品を収録するのはもちろん、新しい世紀を迎えるにあたって、既成の枠をこえる新鮮で強烈なアイ・オープナーたりたい。

その特異さ故に、この存在は、かつて文庫がはじめて出版世界に登場したときと、同じ戸惑いを読書人に与えるかもしれない。

しかし、〈Changing Times,Changing Publishing〉時代は変わって、出版も変わる。時を重ねるなかで、精神の糧として、心の一隅を占めるものとして、次なる文化の担い手の若者たちに確かな評価を得られると信じて、ここに「電撃文庫」を出版する。

1993年6月10日
角川歴彦

電撃文庫DIGEST　9月の新刊

発売日2020年9月10日

新作 **ドラキュラやきん!**

【著】和ヶ原聡司　【イラスト】有坂あこ

俺は現代に生きる吸血鬼。池袋のコンビニで夜勤をし
当たり激悪の半地下アパートで暮らしながら人間に戻
方法を探している。そんな俺の部屋に、天敵である吸血
退治のシスター・アイリスが転がり込んできて!?

魔法科高校の劣等生㉜
サクリファイス編／卒業編

【著】佐島 勤　【イラスト】石田可奈

達也に届いた光宣からの挑戦状。恐るべき宿敵が、つい
日本へ戻ってくる。光宣の狙いは『水波の救済』ただ一
ふたりの魔法師の激突は避けられない。人外と亡霊を
に宿した『最強の敵』光宣が、達也に挑む!

アクセル・ワールド25
―終焉の巨神―

【著】川原 礫　【イラスト】HIMA

太陽神インティを撃破したハルユキを待っていたのは
らなる絶望だった。加速世界に終わりを告げる最強の
終焉神テスカトリポカを前に、ハルユキの新たな心意技
覚醒する!　《白のレギオン》編、衝撃の完結!

俺の妹がこんなに
可愛いわけがない⑮
黒猫if　上

【著】伏見つかさ　【イラスト】かんざきひろ

高校3年の夏。俺は黒猫とゲーム研究会の合宿に参加
る。自然溢れる離島で過ごす黒猫との日々。俺たちは
島悠"と名乗る不思議な少女と出会い――。

ヘヴィーオブジェクト
天を貫く欲望の槍

【著】鎌池和馬　【イラスト】凪良

アフリカの大地にそびえ立った軌道エレベーター。大地
宇宙をつなぎ、世界の在り方を一変させる技術に、クウ
ンサーたちはどう立ち向かうのか。宇宙へ飛び立て、近
来アクション!

娘じゃなくて
私《ママ》が好きなの!?③

【著】望 公太　【イラスト】ぎうにう

私、歌枕綾子、3ピー歳。娘の参戦で母娘の三角関係!?
家族旅行にプールと混浴、夏の行事が盛りだくさんで、
の駆け引きはさらに盛り上がっていく――

新作 **世界征服系妹**

【著】上月 司　【イラスト】あゆま紗由

妹は異世界の姫だったらしく、封印されていた力が目覚
たんだそうだ。無敵の力を手に入れた檸檬は、あっとい
間に世界の頂点に君臨。そして兄である俺は、政府から
の制御(ご機嫌取り)を頼まれた……。

新作 **反撃のアントワネット!**
「パンがないなら、もう店を襲うしかないじゃない……っ!」「やめろ!」

【著】高樹 凛　【イラスト】竹花ノート

「パンがなければケーキを……えっ、パンの耳すらな
の!?」汚名返上に燃えるマリー・アントワネットと出会っ
雪城千隼は、突然その手伝いを命じられる。しかし汚名
返上どころか極貧生活で餓死寸前!?

新作 **わたし以外とのラブコメは**
許さないんだからね

【著】羽場楽人　【イラスト】イコモチ

冷たい態度に負けずアプローチを続けて一年、晴れて
い人に振り向いてもらえた俺。強気なくせに恋愛防御力
な彼女にイチャコラ欲求はもう限界!　秘密の両想いな
に恋敵まで現れて……?　恋人から始まるラブコメ爆誕!

新作 **ラブコメは異世界を**
救ったあとで!
～帰ってきたら、逆に魔王の娘がやってきた～

【著】末羽 瑛　【イラスト】日向あずり

異世界で魔王を倒したあと、現代日本に戻って穏やかに
らしていた俺。そんなある日、魔王の一人娘、フランチェ
カが向こうの世界からやってくる。まさか、コイツと同棲
るハメになるとは……なんてこった!

さいはての終末ガールズパッカー
SAIHATE NO SHUMATSU GIRLS PACKER
Human & Android
They travel in the world that
is about to end.
どうせ終わるこの世界だから。
最後の時まで二人でいたい。
藻野多摩夫
[ILLUST.] みきさい
STORY
記憶を失った自動人形《オートマタ》の少女リーナ。
出来損ないの人形技師でトラブルメーカーのレミ。百億歳を過ぎた太陽が燃え尽きようとする凍える世界で二人は出会った。
「ねえ、レミ。私、もうすぐ死んじゃうかもしれないんだ」
「リーナは私が直してあげるから！」
人類の文明が滅んだ世界で、頼る者もいない。それでも壊れかけた人形の死を食い止めるため、二人の少女は東の果てにあるという《楽園》を目指す。
――きっと間に合わない。でも、最後の最後までレミと一緒にいたい。
終わりゆく世界で二人の旅は続く。
を取り戻す旅に出ることを決めた――。
これは、できそこないの少女と少年が綴る、妖精を巡る冒険譚。
電撃文庫

可愛いかがわしいお前だけが僕のことをわかってくれる（のだろうか）
鹿路けりま
イラスト◆にゅむ
同窓会で東大生だと
ウソをついた浪人生の僕。
もしウソがばれたら……よし、
死のう!　死んで異世界転生だ!
そんな人生絶望中の僕の前に
銀髪ロリ悪魔が現れ、『尊死』するまで
死なせてくれない!?
ってどんなラブコメだよ!?
電撃文庫

女子高生同士がまた恋に落ちるかもしれない話。
杜奏みなや
Minaya Morikana
Illustration
小奈きなこ
Kinaco Cona
普通の女子高生がある日物語の主人公になる、
初恋やり直しストーリー。
八年前。ひとりぼっちで泣くわたしを助けてくれた、満月みたいな丸い瞳の、背が高くてかっこいい女の子。わたしの特別な、初恋の相手——。
わたしは、小学生のとき一緒に星を見た、あの女の子が今もまだ忘れられない。もう二度と会えない、ただの思い出……
だけどある日寮を移った先の部屋で待ち受けていた女の子・佑月こそ、まさに初恋の彼女で——!? 昔とは違って、小動物みたいで背も小さくて、すこし変わり者の佑月。好きだったのは昔のこと。このドキドキは、恋じゃない……はず。
電撃文庫

二月 公
イラスト／さばみぞれ
声優ラジオのウラオモテ
#01 夕陽とやすみは隠しきれない？
オモテは元気&清楚なアイドル声優／
ウラはギャル&根暗地味子な女子高生!?
プロ根性で世界をダマせ！
バレたらアウトの声優ラジオ
Now On Air!!
第26回
電撃小説大賞
大賞
受賞
電撃文庫

神田夏生
[ill] Aちき
君を失いたくない僕と、僕の幸せを願う君
たとえ何度失敗しても、君といる未来を諦めない。

——これは、繰り返す夏の恋物語。

Story
「私は、そうちゃんに、幸せになってほしいの。だから、私じゃ駄目」

高校一年の夏。ようやく自覚した恋心を告げた日、最愛の幼馴染はそう答えた。自分は3年後には植物状態になる運命だ。だから俺には自分以外の誰かと幸せになってほしいのだと。

運命を変えるため、タイムリープというチャンスを手に入れた俺。けれど、それは失敗の度に彼女にすべての痛みの記憶が蘇るという、あまりに残酷な試練で。

何度も苦い結末を繰り返す中、それでも諦められない切ない恋の行方は——。

ごめんな、一陽。お前が隣にいてくれるなら、俺は何度だってお前を助けるよ。

電撃文庫